Q版特工20

# 千面殺機

梁科慶

**Q版特工20　千面殺機**
作者／梁科慶
總編輯／馬鎮梅
責任編輯／王心靈
協力編輯／吳蔚芹
美術設計／黃漢威
出版發行／突破出版社
香港沙田亞公角山路33號突破青年村
電話：2632 0000　傳真：2632 0388
電郵：breakthrough@breakthrough.org.hk
網址：http://www.breakthrough.org.hk
http://www.btproduct.com
承印／海洋印務
2008年7月初版1刷


Ah Wing, the Secret Agent 20: A Murder Case on West Rail
by Leung For-hing
First Printing, First Edition, July 2008

ISBN 978-962-8996-03-2

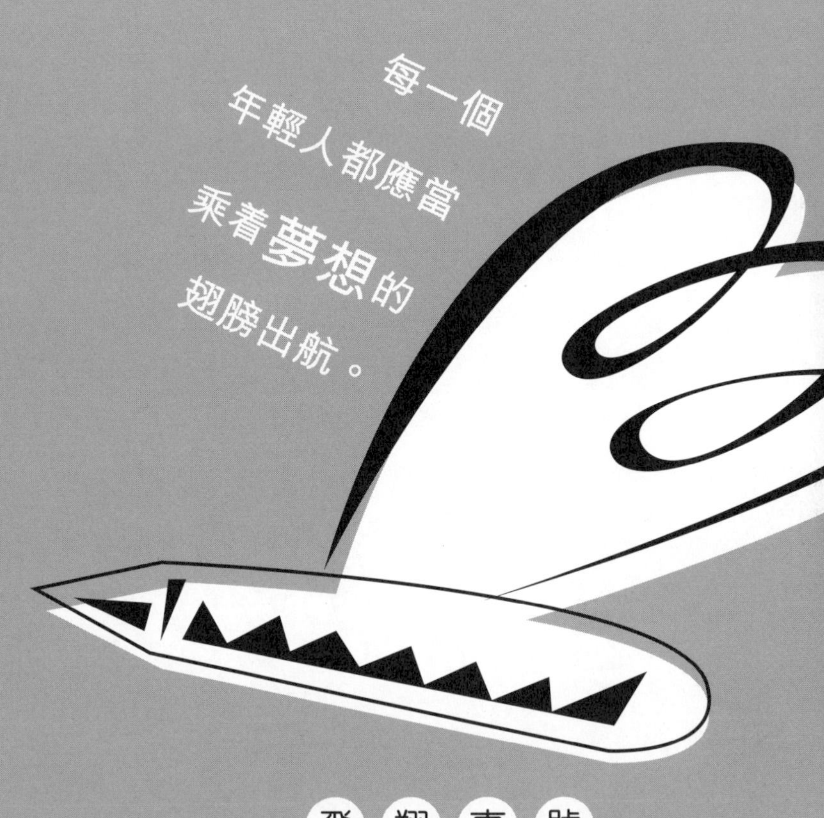


飛翔專號

## 目錄

# 代序：阿Wing的絕望

馮友
網絡作家

「十年了！」阿 Wing 滿懷期待地等待着。

上司 M 抓抓頭，不明所以。

阿 Wing 大手一揮，桌面上的文件全給掃在地上：「十年啦！是十——年——啦！你還不明白嗎？」

看見阿 Wing 怪異地眨眼，M 終於明白了，他拍手道：「啊！原來如此。」

阿 Wing 內心激動萬分，看來沒有白跑一趟。

上司 M 一指地面，吩咐道：「來，給我拾回桌上。」

阿 Wing 跪在地上，把散亂的文件逐一拾起。

「你想續約，想再當十年特工吧？真合時！剛巧文件送來了，我原想找你談談，沒想到你會自動登門，真好。」

這傢伙完全搞不明狀況，阿 Wing 頹喪地歎了口氣。十年啦！「Q 版特工」已誕生十年了，阿 Wing 想召集一眾同事去梁科慶家開派對慶祝，可是，居然沒有人重視這日子。

* * *

「絕望了！我對這個世界完全絕望了！」

有人危立在天台邊緣，阿 Wing 踏前問：「喂喂，你在搞什麼？」

「看不見嗎？我要跳樓。」

阿 Wing 跑上前道：「這裏已安裝最新的『防止跳樓自殺死亡系統』，你絕對死不了。」

聽後，那人仰天狂呼：「絕望啦！我對不能跳樓自殺的大樓感到絕望啦！」

阿 Wing 呆然，還未反應過來，那人真的向前伸腳。

阿 Wing 第一個反應是追上前，不過一想到大樓安裝了「防止跳樓自殺死亡系統」，也就安下心來。

「砰——」

「騙人吧。」阿 Wing 探頭俯視，那人已橫臥地上。

「防止跳樓自殺死亡系統」只會令跳樓者不死，但沒保證不會受傷。

阿 Wing 想不到忍着一口悶氣上來天台吹吹風，卻碰上這檔子事。沒辦法，只好報警，反正閒着沒事，便陪那人一起去醫院。

「《K 版特工》？」

「什麼？」阿 Wing 一副難以置信的樣子。

「我說，因為跑遍全港各大小書店也買不到《K 版特工》，才會感到絕望。」

「只是買不到心頭好就要自殺？閣下未免太悲觀。」阿 Wing 陪那人一道出院，邊走邊問：「不過，《K 版特工》是什麼來的？」

「你居然不知道？絕望啦！我對於沒有人愛閱讀的都市絕望啦！」

那人忽然取出繩子，就地找了一棵大樹上吊，幸好阿 Wing 手刀一起，即場切斷繩子。阿 Wing 說：「我平生閱書無數，從沒聽過《K 版特工》這本書。究竟作者是誰？」

「兩光興。」

阿 Wing 一臉愕然。

那人沒趣地說：「看來，你很少看小說，居然不知道有這本好書。」

阿 Wing 老實不客氣地道：「我只聽過有『Q 版特工』，作者是鼎鼎大名的梁科慶。至於那位兩光興的《K 版特工》，我聞所未聞。」

那人立刻取出口袋記事本，翻看了兩頁後，隨即怪叫：「絕望啦！我對於弄錯書名及作者名字，感到絕望啦！」

之後在地上拾起一根木棒，正要削磨成木刀。

阿 Wing 當然又猜出了他的意圖，一招就奪去木刀。

「絕望啦！我對於沒有死的權利感到絕望啦！」那

人怒氣沖沖的指着阿Wing:「你沒有權利阻止我自殺!」

「我好心救你,你反而罵我?真想不通,你這人為何仍能活到今天!」

「哼,在我自殺之前,絕不會讓自己死去!這是本人生存於世上的原則。」

「什麼原則?簡直一派胡言。」阿Wing要應付這莫名奇妙的傢伙,感到真費勁,「算了,我還有要辦的事,告辭了。」

「好,我也要繼續尋找『Q版特工』,再見。」

阿Wing聞言,即道:「等等,你為什麼要尋找梁先生的《Q版特工》?」

「因為十年了。」那人道:「『Q版特工』十歲啦,我想買齊一整套書,找作者簽名。」

阿Wing聞言,大受感動地說:「太好了!我還以為世上只我一人記得這事!來,我帶你找梁先生,他一定會送書及加贈簽名!」

「真的?」然而,那人又立即回復冷漠,「奇怪,世界上沒有免費午餐，碰上不明來歷的陌生人提出的好意，必須以懷疑的態度應對。」

阿 Wing 憤然道：「我好心幫助你，你卻懷疑我？」

「絕望啦！我對於人與人之間缺乏互信的社會感到絕望啦！」那人這次居然出動電鋸，當然又是不知道在何處取來的。

阿 Wing 一掌劈向那人後腦，擊昏過去，暗忖道：「居然給這瘋子戲弄了這麼久，我可沒這麼空閒。也罷，我自己找梁科慶去。」

時間關係，阿 Wing 轉頭就來到梁科慶家門前。基於個人私隱，地址是保密的。

按動門鈴，沒有人回應。鋼閘沒有上鎖，連木門也是虛掩的，阿 Wing 小心翼翼的拉開鋼閘，輕推木門。

一道黑影瞬間襲來，阿 Wing 立刻雙手撥雲，無聲起風，閃電間飄忽使出八八六十四掌，把來影擊開。

是一個人。正確來說，是一個垂吊在大廳的人，他面向大門，雙腳懸在半空，極度嘔心及驚嚇。

那人正是剛才那位老是大吵絕望，多次企圖自殺的瘋子，終於如他所願的死去了。

阿 Wing 心裏狐疑，大叫道：「梁科慶？作者大人？」

噗噗噗噗噗噗噗——

每個人手上拿着派對用的歡樂用具，梁科慶也在其中。

梁科慶歎一口氣，道：「阿 Wing，等了你許久啦。『Q 版特工』十周年慶祝會，怎可以沒有第一主角的分兒？」

「那個人……」

那人自行解下脖子上的頸圈，自我介紹道：「嗨！我叫馮友。」

「啊，我在構思下一部作品，苦無靈感下便找他來提供新點子。」梁科慶嘗試解釋，並立即轉換話題，「好了，既然全體齊集，我們開始慶祝吧！」

⚲ ⚲ ⚲

梁科慶面露不悅之色，道：「這一篇……」

「如果不及格的，可以扔掉。」馮友緊張地說。

梁科慶第一時間投入垃圾筒，嫌棄地說：「十周年紀念文稿，這篇完全不及格。」

「嗚呀呀，絕望啦！我對於這篇垃圾被評為不及格感到絕望啦！」馮友跪下慘叫：「煩請把這份垃圾稿子送去不可回收的垃圾堆。」

「放心，我會連同閣下一起打包送去。」梁科慶微笑着說。

# 1 滅命列車

有情人重逢；同僚命喪西鐵線，
與富豪滅門案可有關聯？

# 1

升降機停在四樓，門「軋」的向兩旁退開。

一個捧着大疊文件的祕書小姐站在門外，她遲疑地向內引頸張望，看看可有供她立足的空隙。

升降機裏，清一色站了九個大男人，我站在最後排。最前頭的胖子大發熱心，用肩膀、用屁股、用肚腹、用手肘、用大腿外側往身後和兩旁碰、靠、挪、磨、壓，企圖製造骨牌效應，迫使其他人充當「紳士」，退後一些，好讓祕書小姐躋身升降機之內。

前面的人牆壓過來，我無可避免地盡了十五厘米本分，後退半步，將重心由左足換到右足，背脊緊貼升降機的半身玻璃牆。各人你讓少許，我擠少許，不消五秒鐘，便為祕書小姐騰出僅可容身的空間。

「嘻嘻，謝謝。」祕書小姐嫣然一笑，身上散發着茉莉花香水的氣味，踏進九個男人當中。

「噢，不好意思。」祕書小姐的文件夾，恰巧抵住胖子的大肚腩。

「不打緊。」胖子笑着挺胸、收腹、抬臂，繼續「紳士」下去。

升降機內，各人不約而同地注視着門上方的超重燈號。祕書小姐嬌小玲瓏，看來不足九十磅，多了她，照理不會令升降機超出負荷。超重燈號終究沒亮起，我們的「紳士風度」亦沒有白費，升降機門徐徐合上。大家默默嗅着茉莉花香，尤其是最賣力的那個胖子，可以近距離享受「忽然紳士」的回報。畢竟，少女身體散發的香水氣味，比儲在瓶中的香水多添了一分韻味。

樓層燈號由四樓跳至三樓。

香水氣味愈聚愈濃烈，我的鼻子開始發癢。大概一個月前，我發現自己患上鼻敏感，對花香或近似花香的氣味特別敏感，一聞到，鼻子先是發癢，繼而鼻水長流，還不停打噴嚏。

為免情況進一步惡化，我強忍呼吸，扯高衣領來掩住鼻孔，希望以自己的汗水和體味抵消祕書小姐的

「茉莉花攻勢」。

二樓——一樓——G。

我終可鬆一口氣。

升降機門再度打開。

「乞——超——」

眾人紛紛面露厭惡之色，祕書小姐憑着身形嬌小的優勢，搶先從不足六十厘米的門隙閃出升降機。升降機門再開闊一些，那八個男人急不及待地湧出。我自覺像一隻散播「禽流感」病毒的母雞，叫人退避三舍。

待眾人作鳥獸散後，我抽出紙巾，邊擦鼻子，邊走向升降機大堂，才走了兩步——

「嗨，阿 Wing。」

我停下來，回身一看，喚我的正是嘉薰醫生。

「嘉薰醫生，你好。」

「怎麼了？你不舒服嗎？是不是染上感冒？」嘉薰醫生上下打量着我。

「不，鼻敏感而已。」

「鼻敏感挺棘手呢！要及早找出敏感原。」嘉薰醫生皺起眉頭，「你的耳朵如何？還有耳鳴嗎？」

「呃！耳鳴不絕。」我苦笑，「好像有一把大排檔式牛角扇，另加一個燒滾了的水鍋，在耳邊吵個不休。」

「耳鳴更棘手。唉！一波未平，一波又起。耳、鼻、喉相通，但願你的鼻敏感跟耳鳴無關，否則……」

「我中了金大芝的毒，能保住性命，已屬萬幸。耳朵的小毛病，你不必擔心。」

「說起金大芝，你們還有沒有跟進，請日本警方尋回金大芝的屍體？」作為病理學醫生，嘉薰對屍體最感興趣，「倘若尋得她的屍體，給我解剖分析的話，或有機會找出她用毒的端倪，助你徹底清除體內的毒素。」

我搖頭回答：「我相信日本警方已經盡力，而且，時隔數年，金大芝的屍體或已腐化。算了吧。」

當日，阿漆、阿 Ken 和我在東京銀座殺死金大芝後，我們迅速撤離現場（詳情請看《再見真生》），日本警方接手後不久，不知哪裏出了錯，竟把金大芝的屍體弄丟了，一直成為懸案。金大芝屍體可能已遭錯誤火化，可能錯放在殮房內一個沒人知曉的冷藏格，也可能被別的親屬領去，總之就是下落不明。

我拍一下他的肩頭，轉換另一個話題，笑着說：「不要老是談我，你的近況如何？工作縱是忙碌，也要抽時間陪伴女朋友，不能冷落佳人啊！」

嘉薰醫生搔着後腦，腼腆地說：「我們……各有各忙……現階段都為事業打拚……」

「那，你現在為哪件案件打拚？」

「不就是錢富強那宗！」嘉薰醫生瞥一眼夾在腋下的檔案，「我約了重案組的何 Sir 交代驗屍結果。」

「錢富強？那個住宅失火、一家六口全被燒死的富家公子？這是一般火警而已，何須你和何 Sir 出馬？」

「今早還是火警，但現在案件已歸類為謀殺、縱火案。」

「你的意思是，錢富強一家遭人謀殺，兇手殺人後放火毀屍，掩人耳目嗎？」

「真不愧是我們的皇牌特工。不錯，他們都在火警發生前遇害。」

「聽說，他們的屍體燒得如同焦炭。你怎樣發現案件另有內情？」

「在解剖刀和顯微鏡之下，隱藏的事都會無所遁形。」說到老本行，嘉薰醫生眉飛色舞，他以專業的口吻仔細解釋：「第一，沒迹象顯示死者在被火燒時，身體的循環系統仍然運作。第二，死者的肺部和氣管中沒任何煤灰和煙迹。結論是，他們並非死於火警，而是死於他殺。」

「果然厲害。」我豎起拇指，「何 Sir 一定等得很心急，我不耽誤你的時間了，改天有空，我約你吃飯聊天。」

「好。你也行色匆匆的，趕着往哪裏去？」

「機場。」

「機場？」嘉薰醫生瞥一眼腕錶的日期顯示，眨眨眼睛，笑道：「呵，她今天返港，你去接機吧。」

我帶笑轉身，背着嘉薰醫生揮一揮手，逕自走出大門。

## 2

天色灰濛濛一片，雲層低壓，空氣裏充滿各式各樣的懸浮粒子。

走進鬧市街頭，置身熙來攘往的路人之間，我佇立十字路口。我的深藍色 Toyota 七人車停泊在馬路對面。十多秒鐘後，待綠燈亮起，我便可橫越斑馬線，登上車子；可是，登車以後，該不該照原定計劃直往機場？我在心裏踟躕。

行人過路燈終於亮起，我隨着人潮，信步踏出斑馬線。

步總要踏出，且要向前踏出。

我今天選駕七人車，只有一個原因——因為它有寬敞的行李廂。既然如此，我開它到機場跑一轉，亦屬順理成章。

想到這個理由，我「吁」的呼出一口悶氣，步伐登時輕鬆起來。我走上對面的行人路，沒馬上取車，轉進橫街，經過花店，瞄了櫥窗一眼，沒停下。我向來甚少買花，總覺得買的時候尷尬，送的時候尷尬，送了幾天後，花殘葉謝，更加尷尬。加上我近來對花香敏感，送花大可不必考慮。

後來，我推門進入花店旁邊的禮品店。掛在門頂的小銅鈴，發出幾聲清脆的響聲。

這家小店由一對退休夫婦經營，貨品不多卻別致，以每個款式只有一件作為賣點，貨品都是老闆親往外地挑選，或由老闆娘親手製造。他們主要做熟客人的生意，客人從不擔心會送出跟別人一式一樣的禮品。

我在店裏走馬看花地轉了一圈，最後選了一個三十厘米高的毛毛熊。毛毛熊身穿一件綠色禮服背心，雙手在胸前捧起一個布牌子，牌上繡着「Welcome

Home」，樣子傻乎乎的。付錢時，老闆俏皮地告訴我，老闆娘前晚才做好這個毛毛熊，還不大樂意將它賣掉。

我樂意地付了錢，携着毛毛熊返回七人車，拉開車門之際，不覺被一個冒失的男人撞了一下，差點撞跌我手中的毛毛熊。我踉蹌轉身，瞪眼看着那個撞到別人不懂道歉的男人，對方若無其事地繼續前行。我愈來愈不喜歡這個地方，到處都是人，到處都是車，到處充斥着各種無形的壓力，不是被擠來擠去或趕來趕去，就是被廢氣熏得滿臉污垢。看着交通燈號再轉，車隊又如洪水猛獸一般啟動，我趕緊躲回車廂，發動引擎，開啟空調。我自打嘴巴，也變為污染環境的其中一員。

我扭動方向盤，踩下油門，七人車噴着廢氣，駛上高速公路。

今年春天，我在美國獨自開車，前往華盛頓市郊的一所療養院，探望在那裏治療抑鬱症的R。療養院建於樹林裏，環境清幽。記得那天黃昏，霧氣濛濛，充滿草味的濕氣在山林之間飄蕩，成羣歸鳥吱吱喳喳的在天空飛過，我坐在宿舍外面的花園裏，等候R睡醒。遙望遠山，暮靄瀰漫，夕陽在山後為青蔥的黃昏塗上一層紫色。我素來不喜歡等候，但那天的等候卻十分愜意。

現在，我又等候R了。

我沒告知R，我會到來接機。由收到R回港的信息開始，心裏一直反反覆覆，於接與不接之間舉棋不定。直至這一刻，我已第五十三次暗罵自己「婆媽」。對付罪犯和恐怖分子，我有勇有謀；追求愛情，則患得患失。尤其R在美國住院期間，曾被年青有為的醫生熱烈追求。與醫生相比，我自知沒法給予R一種平靜、安穩的生活，她離開特工圈子，就為追求生活的平靜和安穩。如果她跟我談戀愛的話，我今天到阿富汗拯救人質，明天往墨西哥追捕毒犯，她卻獨自留在香港，怎不牽腸掛肚！恐怕到時的心境，與昔日當特工時根本沒兩樣。

想到這裏，我恨不得立刻煞停車子，懸崖勒馬。可惜，在高速公路的快線之上，不能隨便停車，我惟有一路向前直駛，車子從通往機場的路牌下呼嘯而過。

頃刻，機場在望，一架航機穿過雲層，俯衝而下，降落跑道。如今安坐機上的R怎樣了？她病好了嗎？清減了，還是長胖了？精神奕奕抑或憔悴困頓？她會記掛我嗎？我很想知道這一切，很想盡快再見她。

「躲在一旁，偷偷瞧她一眼。」我終於找到一個不讓自己半途而廢的藉口。這個藉口彷似替我注入一劑強心針，我抖擻精神，一踏油門，車子加速衝上連接東涌與赤鱲角的跨海大橋，朝機場進發。

*　　*　　*

二十分鐘後，我已站在接機大堂，仰臉審視航班電子布告板。R乘搭的航班已經降落——她抵步了。

我緊緊盯着旅客出口，緩緩退到一個擺放單張的金屬架後面。

旅客陸續推着行李車，從閘口出來。我把毛毛熊攬在胸前，按住卜卜猛跳的心頭。

這個不是，那個不是，跟在後面的也不是。怎麼還不見她？我的心情忐忑，航班資料有誤？她的行李出了問題？還是，她臨時改變主意不回香港？

我拿着毛毛熊的手慢慢垂下。

突然，R 現身閘口。

她束起頭髮，臉上架着一副黑色方框太陽眼鏡，身穿白、黑、紫三色短袖外套、黑色四個骨褲、黑色漆皮涼鞋，樣子清爽，看來精神不錯。

我轉臉對着明亮如鏡的金屬架輕撥頭髮，金屬架反映我的臉上重現微笑，這微笑打從心底發出。

頭髮沒問題，衣履也沒問題，我便走前兩步，繞過金屬架，待要向 R 招手。

咦？ R 沒携行李，她的行李呢？

我的手僵住了。正狐疑之際，一位高大俊朗的男子推着滿滿的行李車，從後趕上，與 R 並肩而行。R 的行李箱，大概就在俊男的行李車上。

「唉！」我的心頭一凜，黯然瞅着他倆有說有笑的步進接機大堂。我最不希望目睹的、最擔心的事情，終於出現了！我快步閃回牆角，不想被Ｒ看見。我像一棵依附牆壁生長的熱帶植物，垂頭靠牆而立，盯着腕錶，估計Ｒ和俊男離開了接機大堂，他們或往計程車站、或往停車場、或往機場快線，總之確定他們已經離去，我才敢從牆角踱出來。

此刻，我的心情極其矛盾，失望之餘卻又像得到解脫似的。Ｒ找到幸福，我應該替她高興。如此，我可以了無牽掛的全身而退，全心全意投入各種冒險任務。

我用指頭彈一下毛毛熊的鼻尖，該如何安置它？

抬頭，驀地，我眼前一亮——Ｒ竟站在我跟前十碼之處。她摘下太陽眼鏡，笑意盈盈地看着我，腳邊放着一個行李箱。俊男不見了，究竟是怎麼一回事？

Ｒ似笑非笑的說：「嗨，真巧啊！」

「我……路經此地，人有三急，進來借廁所一用。」我囁嚅。

「那麼……你手裏拿着的毛毛熊，準備送給誰？」

「它嘛，剛才在廁所裏拾的。你喜歡的話，送給你吧。」我隨便回答R後，便把毛毛熊遞到她面前。

「我自幼養成路不拾遺的好習慣，更何況是從男廁裏拾來的東西。」

「我說笑罷了。這個毛毛熊，我特地買來送給你。」我擺擺手，「Welcome home, R.」

「謝謝。」R欣然接過毛毛熊，粲然一笑，「它的樣子很可愛呢！」

「你……只有……一人？」

「還有誰？」R想了想，恍然大悟的道，「哦，你看見他，你以為他……」

我立時澄清：「不，我沒以為什麼！」

「他在那邊。」R伸出拿着太陽眼鏡的手，遙指通往計程車站的甬道，「他是我的舊同學，從美國公幹回來，我們湊巧在機上遇見而已。下機時，他替我搬行李。」

我循她所指的方向看過去，在俊男所推的行李車旁邊，多了一個小男孩，還有一個女子勾着俊男的臂彎，一家三口正走出計程車站。

「真的，我沒以為什麼。」我放下心頭大石，「我的七人車泊在停車場，可以順道送他們一程。」

「真的？」

「假的。嘻嘻……」我自覺笑得無賴，「我替你挽行李吧。」

R 微笑，補充道：「他們居於屯門，我住在沙田，並不順道。」

我提起 R 的行李箱，放在附近一架空空的行李車上，問她：「沒其他人來接機嗎？」

「我沒幾個朋友，這次回港，知道的人不多。」R 輕聲回答，「至於航班和時間，我只通知你一人。」

我感動得有點頭重腳輕。

R 用左手扶着行李車手柄，我伸出右手，用尾指輕碰她的手背，她低頭莞爾，也用尾指回碰我一下。這樣，我的右手尾指，她的左手尾指，彼此勾着，直走到七人車旁，我們才捨不得的放開。

# 3

也許因為旅途疲倦和時差的影響，R 返抵家中時，已累得睜不開眼睛。我着她安心睡覺，不用管我，我耽擱一會，離去時會替她關燈關門。

R 瞇起雙眼，掩着嘴巴打了一個大呵欠，便再也撐不起眼皮。她說聲「晚安」後，便走進睡房去。

這是我頭一趟來 R 的家。她住的屋苑位處低密度住宅區，由於遠離大路，入夜後，人車稀少，沒甚噪音，除了狗吠。這兒七成住戶養狗，狗主當然不認為狗吠是噪音，但我這人愛心不足，只視貓狗為動物，不視牠們為寵物，自然覺得狗吠吵耳。尤其盲從附和是狗的特性，一犬吠影，百犬吠聲，只要其中一頭偶爾被風吹葉落驚動，隨意地吠一、兩聲，足以引致全屋苑的大小狗隻跟着亂吠一通，非常討厭。

我在客廳踱來踱去，好奇地摸摸這個，翻翻那個。R 的家具擺設，傾向實用和簡約，沒一般女兒家的花巧。從前做特工的日子，R 是一個不常回家的人，而且這個家會因種種理由，例如安全、任務之類而隨時捨棄，不太着重裝潢和佈置乃理所當然。這一點，我完全能夠體會。

沒多久，我發現了Ｒ家中的密室。

密室的入口在一列櫥櫃後面，裏面裝設了先進的電腦器材、通訊儀器，還有一個小型的軍械庫。我在九龍城獅子石道的家裏也有類似的密室，不同的是，我那間的入口在一個臭氣熏天的廁所內，器材一直運作正常，與特工組織保持二十四小時連線；而Ｒ這密室，自她往美國就醫後，早已切斷一切器材的電源。我瞧着電源的總開關掣，心裏想，既然她選擇了斷絕聯繫，我也不宜替她接上。我步出密室，為她牢牢的掩上密室入口。

回到客廳，我坐在沙發上，面對露台和露台對開漆黑的夜空。帶着雨水氣味的風，從趟開的落地玻璃門迎面吹來，兩片橡樹的葉子辭枝而落。此刻，沒狗吠聲，周遭一片寧靜，還可以隱約聽見葉子碰在一起的聲音。

在茫茫人海裏，我碰上了Ｒ，像做夢般意想不到。

這就是緣分嗎？還是上帝的安排？

夜了，該離去了。我在屋子裏四下察看，看看有沒有電燈、風扇之類需要關上，卻發現手提行李箱的蓋子打開了一角，露出一本黑皮金邊的書，看似《聖經》。

R 的行李箱裏為什麼會有《聖經》？我大為詫異。據我了解，她不信基督教，怎會像我姐姐般擁有一本自己的《聖經》？

雖然有點缺德，但被強烈好奇心的驅使下，我打開了手提行李箱的蓋子。

那本果然是 Hymnody and Bible House 出版的《中英聖經》，掀開扉頁，看見上面有一個簽名和一句鼓勵短語，這《聖經》該是療養院院長送她的。

《聖經》下面還有另一本書，書名是《勝過憂鬱》，作者是 Tim LaHaye。我讀過 Tim LaHaye 取材《聖經·啟示錄》寫的《末日迷蹤》系列小說，縱然不完全認同書中的末世信息，但無可否認那是一本非常精彩的小說。我隨意翻開《勝過憂鬱》的內頁，發覺 R 讀得很仔細，她用螢光筆在許多重點上畫了線，就在這頁，她畫了一大段：

如果你真誠地作了上述的禱告，你就是神的兒女了。如此，你就被賦予一股能力，使你免於憂鬱之苦。雖然這不是必然的保證，但你會擁有從外在而來的資源，使你有能力做到……

翻開書的扉頁，我看見同樣的簽名，這書也是院長送的。院長以基督教信仰治療R的抑鬱症，看來，R對這種療法頗為受落。

其實，我身邊不乏基督徒。姐姐、姐夫、外甥一家都信耶穌，已過世的女朋友真生也信。如今R極可能成為基督徒，我想起姐姐時常引《聖經．希伯來書》十二章的兩節經文：

我們既有這許多的見證人，如同雲彩圍着我們，就當放下各樣的重擔，脫去容易纏累我們的罪，存心忍耐，奔那擺在我們前頭的路程，仰望為我們信心創始成終的耶穌。

世事真箇巧合得令人啼笑皆非。

再讀一遍R畫下的那段文字，我不禁疑惑，究竟她作了什麼禱告？那個院長真是的！有藥不給她吃，有針不為她打，有心理輔導不跟她談，偏偏教她祈禱。

祈禱真的可以治療抑鬱症嗎？

此時，手提電話在褲袋裏震動了一下。我掏出電話，看見阿漆傳來短訊：「大力出事了，速到西鐵線天水圍站。」

大力出了什麼事？半夜三更，阿漆作出緊急召喚，顯然不是好事。我的心情頓時暗沉下來。

# Ⅱ 隱閉特工之死

五具伏屍的位置、車廂內的子彈痕，

如何組併兇案真相？

# 1

很多人問我，阿 Wing，你為什麼常喝鮮奶，不常喝汽水？

「喝鮮奶對身體有益嘛！」我通常這樣回應。

曾經有一名唸中一的男生不認同我的意見。他說，喝鮮奶固然比喝汽水有益，但喝汽水比喝鮮奶「有型」，那些汽水廣告的明星，喝起汽水來，每一位都很「有型」。

小朋友，那些明星喝開水都「有型」。你花得起錢請他們拍廣告，你要他們喝什麼飲品都可以。不過，我可以肯定有一點，喝汽水是「無營」的。

不明白我說什麼嗎？

此「營」不同彼「型」，我所說的「營」是營養的「營」。汽水的營養價值等於零，故我稱之為「無營」。不僅如此，汽水是碳酸飲料，會侵蝕牙齒的琺瑯質，增加胃酸強度，導致骨骼鈣質流失。而且，它內含超高分量的人工合成糖，不但會引致肥胖，更會帶來一連串與肥胖有關的疾病，如心血管病、二型糖尿病、癌症等。不相信嗎？數據顯示，1960 年以前，每一百毫升的汽水含三十九卡路里，時至今日已上升到四十三卡路里，不說不知，普通一罐汽水含有十三茶匙的糖。另外，世界衞生組織建議每人每日攝取糖分的上限為十茶匙。換句話說，一罐喝起來很「有型」的汽水，足以令你當日攝取的糖分超標。

每當我說到這裏，不管大朋友或小朋友，大都會嫌我嘮叨，找個藉口逃掉，不想聽下去。

我這番「汽水無營」見解，確實令人不安和矛盾。汽水中的高糖分和各種添加劑，於健康有損無益，大家明知這話不假，卻又希望是假，因為炎熱天氣下，喝一口冰涼的汽水，泡沫在舌頭、口腔、喉頭「沙」一聲的感覺，任誰都抗拒不了！

在我認識的人當中，只有一人完完全全跟我站在同一陣線上。

那人是誰？

你一定猜不來。

就是他——大力，我在特工組織裏的死對頭。

大力從不喝汽水。他生於非洲小國的貧窮農村，雙親早逝，童年生活不離飢餓、流浪、飽受欺凌。九歲那年，一對傳教士夫婦把他帶到美國。傳教士夫婦教導他不可沾染各種有害的事物，汽水是其中之一。後來，他念化學，明白汽水的成分之後，更是一滴不沾。

大力雖在美國成長、接受教育、發展事業，但他不單沒有感激美國人，骨子裏更是充滿反美情緒。他認為美國的霸權主義侵略，實乃非洲貧窮落後的元兇。

故此，大力不放過任何一個不違法地加害美國人的機會。例如他不喝可樂，卻積極慫恿美國人喝，更經常自掏腰包，把一箱箱可樂送到公園、遊樂場、社區中心、青少年中心。大力廣受歡迎，不僅因為他喜歡與小孩玩耍，也因為他樂意請他們喝可樂，更喜歡看着他們日漸痴肥，或因喝過多可樂而引致咖啡因成癮。

噢，忘了告訴大家，可樂裏有咖啡因。一杯可樂大約含有七十六毫克咖啡因，世界衞生組織建議的咖啡因攝取量，成人每日不多於三百毫克；至於兒童，若攝取多於每公斤體重三至五毫克（以一個體重三十公斤的兒童為例，每日不能攝取多於一百五十毫克），可能產生短暫的行為改變，例如暴躁、緊張、焦慮。

看見暴躁的肥胖兒童在公園裏追逐打架，是最令大力賞心的樂事。總之，大力這副壞心腸，令我把他剔除於朋友之列。

*　　*　　*

在特工組織裏，大力是我行我素的人物，但他對 R 這個女上司絕對忠誠。從前，他為幫助 R 爭權，千方百計打擊 M 手下的特工，我當然成了他的頭號目標。他試過三次找我麻煩，可惜都鎩羽而歸（請閱《諜變密令》及《幽靈直線》）。搗破「地獄門」之後，R 離開特工組織，大力在名義上歸入 M 的團隊，實際上，卻變成無主孤魂。因為和我們積怨太深，加上 M 管不了他，也不願管他。於是，他既沒有任務，也沒有人知道他在幹什麼，即使昨夜被殺，也無從知道原因、兇手是誰。

「大力被殺？」聽得出，R 希望我說笑，「我久沒回來，請別作弄我。」

「真的，他死了。身中四彈。」我在電話裏認真地將先前的話重複一遍，「大力在一列開往屯門方向的西鐵尾班車上，遭人槍殺。案發地點是天水圍站。」

「這……是誰人所為？」聽見 R 的呼吸聲很重，相信她在調整自己不均勻的呼吸。

「還沒有頭緒。」

「現場解封了嗎？」R 急着追問。

「尚未。」

R 沉默片刻，低聲說道：「我趕過來，你帶我進入現場看看。」

「好。」

R 的外表冷酷，內裏卻重情重義，眼見追隨她多年的大力突然死於非命，她絕不會袖手旁觀。我決定把大力的死訊告訴 R 前，已預計她定會插手。坦白說，兇手行事非常老練，手法狠辣且乾淨利落，留下的線索不多。R 的強項是觀察入微，長於推理分析，而且她比我們熟悉大力，有她從旁提點，對調查工作有一定的幫助。

雖然我不喜歡大力，但他畢竟是特工組織內的一分子。自家人被殺，要是任由兇手逍遙法外，我們還有顏面在特工圈子立足嗎？特工圈子比猛獸森林更現實、更殘酷，你弱，就給人家欺負到頭上。所以，破案緝兇，刻不容緩！

## 2

綜合證人的口供，西鐵列車司機和月台職員首先到達兇案現場。

由於其中一名死者橫躺在月台和尾卡的車門之間，使車門和月台幕門沒法關上。列車司機起初以為有人暈倒，便和月台職員一同跑到尾卡查察，詎料一看之下，月台職員當場嚇暈，司機則呆了十多秒，兩人才曉得報警。

車廂內彈痕處處，血迹斑斑。除了月台上的死者外，車廂內另有四具屍體。五名死者都死不瞑目。

那時是零時三十八分。

「你沒聽見槍聲嗎？」首先為列車司機錄取口供的警員問。

「新界西部整夜下雨，自錦上路站開始，列車在露天軌道上行駛，雨點辟辟啪啪的打在車頂，非常嘈吵；況且我在車頭專心駕駛，兇案在車尾發生，我聽不到槍聲也不出奇呀！」

「那麼 CCTV 呢？行車時，你必須透過 CCTV 的監控系統，留意車廂內的情況。」

「第七卡的 CCTV 沒來由的壞了。」

「壞了？何時的事？怎麼不找人維修？」

「列車離開美孚站後，第七卡的 CCTV 影像只剩一片雪花。不過，案發後又沒來由的恢復正常。真邪門！」

「的確邪門。」最後的一句「邪門」，警員並沒筆錄，只在同僚之間口耳流傳。

當時，車上其餘的乘客共二十七人，大都集中於列車中部，他們全程聽見的聲音，主要來自雨點敲打車頂、車上電視和行車廣播，同樣沒有人察覺槍聲。

列車上，最接近兇案位置的是一對中年夫婦，他們坐在第六卡前端。那丈夫對警員說：「我們喝完喜酒回家，我多喝了幾杯，有點醉意，便挨着妻子睡覺，什麼都不曉得。」

聽罷，那妻子連忙說：「我當時也很累，時而閉目養神，時而瞧瞧窗外風雨，時而瞧瞧電視。當列車駛入天水圍站時，我依稀看見車尾有些古怪的閃光，還以為有人拍照。後來，列車停站，就不再開動了。直至兩個穿制服的職員跑向車尾。光是有人跑過去，沒人從車尾那邊跑過來。」

第一位到場的警員，不久後發現大力身懷手槍，隨即向上峰報告。再過三十分鐘，特工組織證實大力的身分後，便決定接管整個西鐵線天水圍站，警方交出所有調查紀錄，只在外圍執行封鎖工作。

我和 R 在早上九時前抵達西鐵線天水圍站。

雖然天色昏暗，還下着時大時小的陣雨，封鎖線外圍仍聚集了一批記者和看熱鬧的閒人。我在警方的鐵馬前面停車。

一個身披黑色雨衣的警員，俯身隔着車窗確認我的通行證後，連忙移開鐵馬，讓我們通過。

一陣照相機閃燈的白光，映照在地上的水灘和濕淋淋的車身。這時候，西鐵站任何的風吹草動，都逃不過記者們的鏡頭。

我想起那中年婦人不合理的口供——開槍的火光跟照相機的閃燈，根本是兩碼子的事！大概她沒見過真正的槍火，才把兩者混為一談吧。

我把車子開上行人道，泊在西鐵站入口的扶手電梯前面。R 第一時間推門下車，沿着扶手電梯直奔月台。

我緊緊地跟在後面。

那輛列車停靠在西行月台旁邊，車頭朝向屯門，車門完全打開。大批鑑證人員分布於車廂裏裏外外，忙着搜集證物。

R 束起長髮，在鑑證人員的工具箱內，熟練地取出手套和鞋套，一逕走進尾卡。

這時，法醫人員搬走了五具屍體，聽說已送到嘉薰醫生的工作間。嘉薰醫生又要忙上一整天了。

我也穿上手套和鞋套，跟隨 R 步進尾卡車廂裏，並從檔案夾中取出一疊昨晚拍下的照片，遞給 R。

第一張是大力的。R 拿着照片，仔細地對比大力伏屍的位置；那位置，法醫人員已用白粉筆勾勒出來。照片中，大力「大」字形的癱在座椅上，身上的藍色牛仔外套全是血，血從頭、胸、肩、腹的彈孔流出。他的右手緊握槍柄，手槍仍插在腰間的槍袋裏。看來槍手行兇時，大力來不及拔槍還擊，已遭對方射殺。

另一死者是一名年輕女子，死時，她的頭部正靠在大力的左肩之上。

「她……是什麼人？」R瞥一眼照片，再瞥一眼空蕩蕩的座椅，椅上的血液已經凝固。

「她叫……李愛娜，家住何文田，暫時沒有她的背景資料。」

「調查效率不理想噢。」R退到車廂末端，背靠牆壁，打量着照片中的李愛娜，「她似乎跟大力走在一起。」

「似乎是。」我唯唯諾諾。

「槍手應該站在這個位置開火。第一個攻擊目標是大力，由左至右的掃射，接着是他身旁的女子。」R逐一抽起手上的照片，對比椅上、牆上、玻璃上的彈孔，以及其餘兩名死者的倒地位置，「最後，槍手穿過尾門離開車廂，向月台上那人補射一槍。大概那人剛巧登車，看見槍手的廬山真面目，便遭殺人滅口。」

「火力猛烈，兇手使用的該是機關槍吧？」

「不用猜了，檢驗子彈便一清二楚。你們不是連這個也遺漏了吧？」查起案件來，R不脫特工主管的本色。

「沒遺漏，還有報告呢！」露絲跨進車廂，迎着R笑道：「哈囉，R。你說得不錯，我們一共撿到十五顆彈殼，全是7.65ACP。」

R瞄一眼露絲，淺淺地笑道：「你們那組特工，以露絲最為勤快。」

「過獎了。」露絲尷尬地笑了笑。

「原來是VZ61蠍式衝鋒槍。」我搖頭歎息，「槍身長513毫米，槍托可折疊，藏在大衣或旅行袋裏，不易被人察覺。怪不得大力失手啦！」

「VZ61可以加上消音裝置，令車上的人聽不見槍聲。」露絲補充一句。

R繼續查問：「其餘的死者是什麼人？」。

「阿Ken正覆核他們的身分，很快就有結果。」露絲打開電子手帳，「阿添在西鐵的控制中心翻查他們的CCTV紀錄，發現不尋常之處，已把影片傳給我。」

「快播放出來。」我道。

「由於這輛尾班車零時十五分在南昌站開出，阿漆便翻看零時十五分後自南昌至天水圍沿途各站的CCTV，以確定大力何時、何站登車，並與什麼人一起。」露絲一面講解，一面提起膠筆桿觸按屏幕，「最後，他找到這一段六秒鐘的影片。零時十六分，大力走進美孚站。」

我和R湊近觀看，我問：「只有這麼一小段？奇怪。其餘的片段呢？」

「不尋常之處，就在這裏。西鐵的CCTV系統在那段時間，受到間歇的、局部的干擾，包括售票大堂、月台和列車。由這段影片的時間和位置，加上大力中槍的時間和位置，我們推算，大力是從美孚乘車至天水圍遇害。按這路程再推算，舉凡大力所經過之處，CCTV影像都變成雪花，情況跟列車司機的口供吻合。」

「這情況……唔，是，大力附近，有人配備干擾CCTV的裝置。」我猜測道。

「那人大概就是兇手。他連射十五彈，其中四彈命中大力，顯然，他一心要把大力置諸死地。他跟大力有什麼深仇大恨？」R眉頭一緊，續道，「從美孚至天水圍，車程大約半小時，在那半小時裏，車廂內有發生過什麼事嗎？到底是大力跟着他去天水圍，抑或他跟着大力？」

「還有一點。」露絲再用膠筆桿觸按屏幕，把畫面放大，「你們看——圖中的女子。」

我指着畫面，驚呼：「咦，她就是那個靠在大力身邊的女子。她跟大力在一起！」

「他們是否在一起，暫時難以確定。」露絲啟動圖像處理程式，把大力和那女子的影像模擬立體化，並作水平180度旋轉，「大力在前，那女子在後，兩人沒交談，也沒身體接觸。從另一角度看，他們只能說是向同一方向走。兩人看似相識，也看似不相識。」

「這種男人在前頭走、女人在後面跟隨的步行方式，在日本、南韓、非洲國家相當普遍。大男人總是如此。」R頓了一頓，心情縱是沉重，她仍不忘幽露絲一默，「有時，我看見阿漆和你也是這樣。」

「噢，他不是大男人……我們是因為不想……」露絲瞪了我一眼，似在責怪我向R泄露她和阿漆的地下情。然而，我從沒跟R談及他們的關係，真是冤哉枉也。

「我提議，我們去找M。」為免多說多錯，我慌忙轉換話題，「若能確定大力正執行什麼任務，便有助我們揪出兇手。」

露絲歎道：「今早問過M了，他的答案模棱兩可。」

「你們需要改換另一個跟M溝通的方式，他才不敢得過且過。」R拍我一下，「帶我去見他。」說罷，她轉身踏出車廂。

露絲從後扯我的衣角。

「嗄？」我停步。

露絲不服氣地瞅着我，湊過來在我耳邊說：「你和她的步行方式，也頗與別不同喔！」

「你——」我作勢敲她的腦袋，她作勢插我的眼睛。

「露絲——」R 站在扶手電梯前面，回頭喚她。

「是。」露絲馬上垂手立正。

「列車司機和月台職員分別從車頭和月台中央跑向尾卡。途中，他們沒碰見任何人，即是說，兇手朝反方向逃跑。」R 指着向下的扶手電梯，「這兒，相信是兇手最快逃離月台的路徑。」

「是。我會跟進這條路徑。」

「阿 Wing，你還有事要跟露絲交代嗎？我在車上等你吧。」

「不，我來了。」我急步上前，大搖大擺地與 R 並肩而行。

## 3

早前，M 的女祕書 Ada 因一本「八卦雜誌」自以為開罪了 R，逃亡內蒙古約有三個多月。那陣子，她天天看着羊羣吃草，不知是日久生情還是神經錯亂，竟找人替她在左邊屁股刺上一個羊的紋身，取名「羊圖騰」。及後，R 辭職往美國治病，Ada 旋即返港復職。

M 是念舊的人，對於這位曠工三個多月的女祕書照顧有加，她依舊坐回原來的位置，依舊游手好閒。當我和 R 來到 M 的辦公室時，但見坐在房間門口的 Ada 脫掉高跟鞋，扯高裙子，曲起左腳，低頭為趾甲塗上一種帶有銀粉的紅色指甲油，她剛完成三片，開始塗第四片。

「嗨，Ada。」R 敲敲桌面，「我找 M。」

「哪一位呀？」Ada 不耐煩地抬起頭來，乍見 R，她猛吃一驚，右手向上一抖，在臉上髹了一筆紅甲油。

「哈！新款胭脂。」我吃吃地笑道：「論到化妝，Ada 永遠跑在潮流尖端。」

「江湖傳聞，你添了個很別致的羊圖騰，有機會的話，我倒想開開眼界。」R 道。

「也是江湖傳聞，她的羊圖騰只給男人看，女人免問。」我道。

R 向我木然地道：「那留給你看吧。」

「免了，我不想患眼瘡。」我馬上澄清。

Ada 狼狽地站起身，拉直裙子，光着左腳，單足跳到 M 的辦公室門前。推開半邊房門，尖聲喊道：「喂，阿 Wing 和 R 找你。」

「啊！」M 在房內慌張地應道：「等一等！」接着傳出一陣「瑟瑟撒撒」的聲音，像在趕忙收起什麼似的。

我與 R 相顧一笑。私隱這回事，你有我有，你的不想我知道，我的不想你發現，我們姑且給 M 兩分鐘。

一分三十九秒後。

「兩位，請進。」M 親自出迎，並向 R 打個哈哈，「呵呵，幾個月不見，你精神飽滿，容光煥發，神采飛揚，愈來愈年輕，愈來愈漂亮。」

「無事不登三寶殿，還是省去那些客套話吧。我們言歸正傳。」

「好，進來慢慢談。」M 欠身，「Ada，快去沖咖啡，

Ada ——」 M 轉臉瞧見 Ada，登時一愕，訝然問：「哎喲，你怎麼塗了個大花臉？下班後到街坊福利會學『唱大戲』麼？」

Ada 扁着嘴巴，眼泛淚光地問：「真的很難看嗎？」

M 皺眉，搖頭道：「不是很難看，是非常難看。」

R 打斷他們的對話，說：「我們不喝咖啡，Ada，你快往洗手間洗抹乾淨吧。」

「哦。」Ada 急急遁去。

「唉！這種下屬……」M 頓足，解釋道：「辭退她，對她殘忍；把她留下，對自己殘忍。」

「M，上司不易為啊！」R 踱進 M 的辦公室，挨着 L 形辦公桌，「我雖然不再是大力的上司，但他死得冤枉，我總不能坐視不理。」

「對，對，不能讓他死得不明不白。」

「大力最近有什麼任務在身？」

「抱歉，我不清楚。」M 攤開雙手，一臉無奈，「那家伙心中只有你這上司，目中並沒有我。」

我坐在沙發上，插口道：「M 的話不假，大力從不買 M 的賬。」

「那麼……最近，大力有沒有跟你說過特別的話？」R 問。

M 嚴肅地反問：「粗話算不算？」

「大力跟你說粗話？」R 眉頭大皺，感到難以置信。

我又插口說：「我記起了，大約一個月前，我在門外經過，看見大力拍枱罵你。」

「對，就是那次，他問我要內聯網資料庫的凌駕密碼。我初時不肯給他，他就用一句十八個字的非洲粗話加廣東粗話來罵我。」

「他要凌駕密碼幹什麼？」R 不解。

「我也這樣問他。他罵完我之後，又沮喪地說，他閒來無事，打算整理一下替你所辦的案件，緬懷從前一起打拚的日子。」

「你最終有給他嗎？」

「給了。」

R 客氣地問：「我也想要凌駕密碼，可以嗎？」

「用你的舊密碼吧。」M 向她眨眨左眼。

「我的舊密碼？還有效麼？」

M 移步背對我們，面向掛在牆上那幅寫着「難得糊塗」的字畫，以略帶磁性的聲線說道：「R，我一直認為你會歸隊，所以保留你的一切，包括辦公室、器材、密碼。」靜默三秒鐘後，M 驀地跳着轉身，嬉皮笑臉地嚷道：「你那組人，個個都是山蕃、蠢材、大食懶，我管不了。這個爛攤子，最好還是交回給你收拾。阿 Wing，我說得對嗎？」

我點頭稱是。

R 苦笑着回答：「我還需定時服用抗抑鬱藥，不能勝任。」

「唏！抑鬱症，一般的都市病而已，打什麼緊？悄悄告訴你們一個祕密，我也有點精神失常。」M 壓下嗓門道，「不要告知別人。」

我和 R 齊聲笑道：「這是公開的祕密，大家早就知道啦！」

M 聞言，故意單眼伸舌歪嘴，裝出失常的模樣。

*　　*　　*

忙了一整天，大家都沒時間吃午餐。下午四時十五分，我們齊集特工組織的飯堂，一面吃下午茶，一面進行工作會議，交換各人手上的資料。

M 說了幾句得體的開場白，便自顧自的啜飲他的「凍檸賓」，把會議主席的責任推卸給我。他的理由是，我吃的漢堡包套餐不用動刀動叉動筷子。

阿漆和阿 Ken 坐在我的左邊，阿漆忙着切開他的香草烤羊架，阿 Ken 則大口大口地吃着大碗車仔麪加咖喱汁，兩人都在喝「有型無營」的汽水。泰臣、露絲和 Ada 坐我的右邊，一同分吃「圍村盆菜」。

由於嘉薰醫生另有要事，未能前來，Ada 代他報告驗屍結果。不知是看不懂報告，還是躲懶，Ada 只短短交代了兩句話：「五名死者全死於槍擊，兇器屬同一根機搶。」

大家都沒聽錯，她最後說的字，的確是「搶」，不是「槍」。

Ada為什麼把「機槍」說成「機搶」？因為她的口、眼、手在剛才那一刻出現不協調現象——她的嘴巴在作報告，眼睛盯着盆裏一片肉厚多汁的蠔油炆冬菇，卻瞥見泰臣正要伸出筷子，於電光火石之間，她決定出手。結果，她的筷子及時將泰臣的撞開，成功搶得那片冬菇，當時，她的心思意念全是一個「搶」字，便不自覺地發錯音。

泰臣搶不到冬菇，口中唸唸有詞，不過，他很快改夾了另一塊體積相若的五花腩。

今早，大家已看過阿漆找到的CCTV片段，所以他不重複報告了。接着輪到阿Ken，阿Ken在開會前把大力以外的四名死者的資料，列成一份清單。他用油乎乎的手給每人各派一份，着我們自己看，連解說的工夫也省掉。

我接到一份沾上咖喱汁的清單，順便取了一件連皮的炸薯塊，蘸了蕃茄醬，送進口裏，邊嚼邊讀：

| 姓名 | 李愛娜 | 張永大 | 鄧小權 | 廖美思 |
| --- | --- | --- | --- | --- |
| 性別 | 女 | 男 | 男 | 女 |
| 年齡 | 23 | 46 | 17 | 35 |
| 中槍部位 | 頭部、右胸、左肩 | 正前胸、小腹 | 頸部、背部 | 左側額 |
| 伏屍位置 | 第七卡尾部，大力身旁 | 第七卡中部 | 第七卡中部 | 月台與車門之間 |
| 居住地區 | 何文田 | 天華邨 | 天澤邨 | 嘉湖山莊三期 |
| 職業 | 無 | 裝修工人 | 無 | 祕書 |
| 其他資料 | 曾在風月場所工作，與黑道中人關係密切；母親和兄長住在天耀邨。 | 兩年前半失業，妻兒四年前來港定居，女兒現年9歲，兒子7歲。 | 雙失青年 | 未婚 |

大概看了一遍資料，我說道：「表面看來，張永大、鄧小權、廖美思三人，都是普通市民。建議案件的切入點，應為李愛娜，第一，她的背景複雜，第二，她似乎與大力同行。」

露絲吃了一碗蘿蔔、魚蛋、豬皮、花膠、魷魚，肚子略飽了，便開腔發言：「他們表面上不錯並沒可疑，但為慎重計，也應跟進調查，或有意想不到的線索。」

我考慮一陣子後，同意露絲的看法，多吃一件炸薯塊，說：「那麼，我們如此分工吧。我跟進李愛娜；阿漆、阿 Ken 和泰臣跟進其餘三人；露絲協助 R 翻查大力最近的行蹤和他重讀的案件。大家一有發現，馬上通知我或露絲。」

大夥兒吃得津津有味，都沒異議。

M 放下一根雞腿骨，乾咳一聲，在適當時候作出總結：「還有問題嗎？沒有的話，散會，各自幹活去。Go ! Go ! Go !」

M 說罷，大家仍繼續低頭吃東西，包括他自己在內，沒人有意離開長餐桌。我終於忍無可忍，看準目標，左右手分頭出擊，左手從 Ada 碗中搶走一大片鮑魚，右手從阿漆的碟上搶了一塊羊排。

我不是一個特立獨行的人，幹些隨波逐流的事，有時也勢所難免。

# III 圍城追兇

智鬥屋邨頑童，給「夜青」氣死，

為寡婦流淚，眾特工心情起伏！

# 1

「咯——咯——」我用傘柄穿過摺閘鐵枝間的空隙，敲響木門，這是李愛娜的母親和哥哥在天水圍天耀邨的住所。

我剛到過何文田，但卻撲了個空，原來阿 Ken 根據李愛娜手袋裏的駕駛執照號碼，從運輸處查得的住址早已過時。李愛娜已遷離何文田多時。於是，我轉往天水圍李家。李愛娜昨夜乘西鐵至天水圍，多半是探望母親和哥哥吧。

木門「呀」的一聲，緩緩打開。

摺閘正中掛了一塊三呎乘四呎的花布。門旁不見有人。誰開的門？我看上看下，但見花布之下露出一雙小腳。我蹲下看清楚，原來是一個五、六歲的男孩，男孩蹲在木門與摺閘之間，他正流出兩行淡綠色的鼻涕，鼻涕粘着鼻孔，搖搖欲墜。

我儘量放輕聲線，溫柔地問：「小朋友，家裏有沒有大人？」

男孩大力搖頭，把兩行鼻涕甩到左右臉上。

我取出一張紙巾，遞給他。他接過紙巾，卻不曉得用來抹臉。

「小朋友，請叫大人來開門。」

男孩把頭扭到一邊，說：「我不開。」

「我不是叫你開，是請你叫大人來開。」

「我不開，除非……」

「除非什麼？」你這個小鬼頭，竟跟我談條件，想吃糖果吧？

「除非你知道暗號。」

「暗號？」我一時之間，摸不着頭腦。

「你聽住。菠蘿是黃色，銅鑼是金色，什麼『羅』是綠色？」

我搔抓後腦，望着他的鼻涕，不曉得回答。我只好改為哄他，說：「小朋友，你開門，我給你糖果吃。」

「警察說，不可以開門給陌生人；爸爸說，不可以吃陌生人的糖果；班長說，不懂暗號的是蠢人。你是陌生人，也是蠢人。」

「小朋友，其實，我是警察。」我掏出一張警察委任證。為了方便行事，M 請警務處長給我們每位特工發出這張證件，因為跟市民說「我是警察」，總較說「我是特工」來得容易接受。

男孩伸出一根骯髒的指頭，指着我的證件嚷道：「我認得這個是『警』字。」

「對，那你快開門啦！」

「不！要進入，就要懂得暗號，這是班長的規矩，警察也不例外。」男孩固執得惹人反感，我真想打他的屁股。

「好，讓我試試。」我拗不過他，小孩玩意應該不難吧。我便猜道：「唔，是未熟的菠蘿。」

「錯！」

「長了鐵鏽的銅鑼。」

「錯！」

「大樹菠蘿？」

「都不是！呵呵……你不懂，你真是個蠢人！」

「喂，大樹菠蘿是綠色的。小朋友，你曾見過大樹菠蘿嗎？」我給氣得鼻孔噴氣。

「不是，不是……」

「強仔，你打開大門幹什麼？」屋內傳出一把沙啞的女聲。

好了，有成年人在家，我便不用跟這固執的「鼻涕蟲」瞎鬧。我乾脆站起身，朗聲叫道：「喂，我是警察，請開門。」

「啊！原來外面有人……」老婆婆拉開木門，隔着摺閘和花布，上下打量我一番，問：「你找誰啊？」

「阿婆，我是警察。」我舉起證件，問：「你是李愛娜的家人嗎？」

「我不識字。嗄？檸八？我只喝過檸七，沒喝過檸八，不要！你去隔壁推銷吧！」老婆婆拉着孫子後退，想要關上木門。

原來是個「撞聾」的老婆婆，真倒楣！我只得提高聲線，張開喉嚨喊道：「我是警察——」

「警察先生，請問什麼事？」一男一女從走廊前端急步而來，男的提着濕淋淋的雨傘和工具箱，女的挽着幾袋子的魚肉菜蔬。

「兩位是？」我回頭問。

男的瞧一眼我的證件，說道：「我叫李善平，是這個單位的戶主。她是我的妻子。」

李太太掏出鑰匙，打開摺閘道：「請進來說話。」

「媽媽，抱抱。」強仔向李太太高舉雙手。

「李愛娜是令妹？」我隨他們走進屋內，猜道。

「不錯。」李善平故意壓低嗓子，「警察先生，愛娜怎樣了？她出事了？」

我們還未讓警方公布西鐵站的死者名單，所以李善平不知道李愛娜遇害。

我點頭，識趣地不再說話。

李善平向妻子使個眼色，李太太抱起兒子，在老婆婆耳邊說：「奶奶，請你把菜和肉拿進廚房，我抱強仔洗臉後，再過來煮飯。」

老婆婆接過菜肉，一邊踱向廚房，一邊喃喃地道：「檸八是什麼飲品，甜的還是酸的……」

待她走遠，李善平略帶緊張地問：「愛娜到底出了什麼事？」

「她死了。」

「啊！何時的事？」李善平兩眼發直。

「昨晚，在西鐵線天水圍站被人槍殺。」

「什麼人幹的？你們抓着兇手了嗎？」

「我們仍在調查。」

李善平打開兩張木摺椅，讓我們坐下，他續道：「愛娜……自從跟了喪超那傢伙，我就料到她……沒好下場。」李善平懊惱地說：「勸她不聽！罵她不醒！打她不覺悟！忠言逆耳，她終於出事了，終於出事了！」

我追問：「誰是喪超？」

「他是個黑社會頭目，在油尖旺一帶出沒，包娼、庇賭、跳灰、販賣翻版唱片，無惡不作。愛娜是他的女人，跟着他生活。唉！說來說去，都是我這個兄長沒本事，沒好好管教她。」

「知道喪超的住處嗎？」

「不清楚。只是，聽愛娜說過，他常在油麻地的勇記茶餐廳落腳。」

「他們走在一起有多久？」

「約有一年吧。」

「喪超待她如何？」

李善平冷冷一笑，說：「有錢花，有新衣裳穿，有首飾戴，有房子住，有大麻抽，從物質角度來看，尚算不錯。愛娜所追求的，也無非是這些。可是，她跟了喪超之後，幾乎六親不認。」

「為什麼？」

「喪超那人嫉妒心極重，他簡直把愛娜視作禁臠，愛娜偶爾回家探望我們，若給喪超知道，也會捱罵。愛娜很怕他。」

想起兇案發生的地點，我問：「令妹昨晚打算回家看你們嗎？」

「家母昨天生日，我約好了愛娜回來一家人吃晚飯。最終，她沒回家。她一向沒時間觀念，遲到、爽約乃慣常之事；而且，喪超一向都不許她來。所以，沒看見她，我們都不以為意。想不到，她從此回不來了。唉！」李善平咬咬下唇，「家母很疼愛娜，愛娜的死訊，我實在不懂如何告知她。」

「李先生，謝謝你的合作，請節哀順變。稍後警方的人——即我的同事會聯絡你，安排認屍事宜。」我站起來，走到門口停下，轉身猶疑地問：「可否多問一句……」

「問吧。」

「什麼『羅』是綠色的？」

「噢，又是強仔的謎語吧。我也不知道，待我問問他媽媽。」

「不必了，再見。」

李善平沒送我出門，只是失神地挨着睡房的門框呆站，我替他關門和拉上摺閘。

晚飯時候，陣陣飯香和電視聲浪自家家戶戶傳出，淡淡的溫馨在狹長的走廊裏流動。我取出手提電話，想要打給 R，才按了兩個鍵時，我恰巧從李家睡房牆頂的一列氣窗底下，聽見幾聲女人的抽泣和男人的歎氣。

## 2

從天水圍至油麻地，交通十分方便，可供選擇的交通工具亦多，包括九巴、城巴、邨巴、專線小巴、西鐵線轉荃灣線，但車費倒不便宜。就以九巴的 69X 和 63X 為例，單程收費約十三元，按每天上下班來回、每週上班六天計算，每月的車費需要六百多元，加上午飯的開支，對低收入人士而言，確是一個沉重的負擔。要是扣除交通費和膳食費　月薪所餘無幾，加上區內的工作機會長年不足，故此有些居民寧願領取「綜援」，也不願意跨區工作。

我一面聽着李克勤的《天水圍城》，一面駕車。這段歌詞頗有意思：

誰策劃這寸地尺土

人擠逼中便容易退步

他親身真正感到

尺地寸金　人便會無餘地平和獨舞

要見步行步

無車票又怎去覓去路

我的車速很高，在三號幹線上左穿右插，沿途遇燈衝燈，逢車超車，不消三十分鐘已抵達油麻地，且找到勇記茶餐廳。

我在對面馬路等了兩分鐘，阿漆剛好趕到。

先前，阿漆到另一死者廖美思在嘉湖山莊的住處調查，發覺廖美思是獨居的，屋裏沒人。阿漆聽管理員說，廖美思平日早出晚歸，也不見有人探望她。阿漆惟有明早往廖美思的公司看看，趁有空檔，他便過來協助我。

我們交換消息後，露絲作出一個大膽的假設——大力搭上李愛娜，喪超因妒成恨，買兇幹掉兩人。

R並不認同。R說，她所認識的大力絕非好色之徒，貪色惹禍的機會微乎其微。儘管如此，由於沒有別的線索，R並不反對我們把喪超列為疑犯。

我和阿漆一先一後的進入勇記茶餐廳，阿漆坐在靠近收銀處的卡座，我則選擇水吧前面的方桌。

茶餐廳裏，聚集了一票獐頭鼠目、惡形惡相的漢子。他們分佔後門對着的兩張卡座和一張方桌。按小混混的習慣，老大通常坐在對着大門的正中座位，不會坐卡座或背向大門。原因挺實用的，因為坐在那個「老大位置」，便容易察覺警察或對頭進門，同時方便往後門逃跑。

我點了一杯凍奶茶。夥計端上奶茶之前，先給我一杯白開水。我捧着水杯，想起林浩光的新詩〈白開水〉：

端起一杯白開水

彷彿聽見杯子張開口說話

朦朦朧朧平平淡淡的

小小的

玻璃裏不可能有江湖

不可能有浪聲，也沒有風雨

日月不會在這裏升沉

時間靜止面且透明

我喝了一口白開水，放下水杯，瞟一眼坐在「老大位置」那人。看來年紀較同伴稍大，雙目無神，氣虧血弱，一看就知道此人夜生活過度，煙酒過多，心肝脾肺腎都有毛病。他坐在那裏一直忙着談電話，除了粗聲大氣，言談間也盡是污言穢語。

還未確定他是喪超之前，我和阿漆暫且按兵不動。

當我們進來時，那票漢子不約而同地瞅着我們，見我們不是對頭，也不似 CID，才稍稍移開目光，繼續無視室內的禁煙條例，肆無忌憚地抽煙、說骯髒笑話，弄得茶餐廳污煙瘴氣。幸虧我只對花香敏感，否則早已變成另一個「鼻涕蟲」。

「嗶——」

我的電子手帳收到露絲傳來的圖像檔。我打開檔案，看見喪超四年前犯搶劫傷人罪被捕時所拍的照片。我仔細察看，確定那坐在「老大位置」的傢伙是喪超。我收起電子手帳，多喝一口白開水，站起身，與阿漆交換眼神後，逕自走到喪超跟前，把一張大力的照片擺在桌上。

喪超左側的長髮青年詫異地掃了我一眼，喝問：「這是什麼意思呀？」

我緊盯着喪超，以堅定的語氣問：「你認識此人嗎？」

喪超朝照片噴一口煙，以戒懼的眼神睨着我，默不作聲。

長髮青年嘲笑道：「老大，相片中的人好像車路士的杜奧巴。」

「不。」另一人打諢，「那是巴塞隆那的亨利。我是亨利的擁躉，一眼就能認出他。」

「你認識此人嗎？」我再拿出李愛娜的照片，放在大力的照片旁邊。

「臭小子，你活得不耐煩吧！」喪超勃然大怒。

「去死啦！」一個金髮瘦子從右邊的卡座跳出，揮起手中的汽水瓶，正要望我的後腦擊下。

「颼——」

一柄餐刀從收銀處那邊破空而至，掠過我的頭頂，盪起我三根頭髮，然後「卜」的插入瘦子的手腕，把他釘在牆上。金髮瘦子呱呱大叫，手中的汽水瓶掉下，砸中身旁同伴的腦袋，把那人砸昏。

「你……」喪超呆了一呆。

「颼——」

喪超還未說完，另一柄叉子又至，在我的手臂旁邊擦過，擦得我的皮膚微微發燙，然後「啪」的插中喪超手裏的電話。電話應聲脫手，掉落桌上一碟西多士，濺得他一褲子都是牛油和糖漿。

喪超嚇得魂不附體。

當下，旁人已替金髮瘦子拔出餐刀，他的右腕鮮血直流，痛得死去活來。同伴脫下襯衣，給他捂住傷口。

「夥計，請多給我一份刀叉，先前那份弄掉了。」我聽見阿漆在後頭說。

「來啦，來啦。」夥計鎮定地給阿漆送上另一套餐具。大概在這種三教九流人馬的聚腳點，爭執、動武時有發生，夥計也見怪不怪。

其餘的漢子目睹同伴受創、老大自身難保、阿漆補充了「暗器」，生怕下一柄餐刀擲向自己，都不約而同地乖乖坐定，不敢造次。

喪超顫聲地問：「你……是哪一路……的人？」

「這時間，不該你問我吧。」我把兩張照片推前一些，更從喪超口中摘掉他的香煙，扔進他的咖啡杯裏，「是──我問──你答。明白嗎？」

「明白。」喪超終於明白我強他弱，不由得不合作，「女的，是我女人；至於男的，我不認識。」

「我告訴你，他們昨晚一同被殺，在西鐵列車上。」

「沒可能！昨晚我和愛娜一起吃宵夜。」

「之後呢？」

「之後，我約了另一幫人在青龍頭『講數』。女人不便在場，礙手礙腳，我便打發她先行回家。」

「你們在哪兒分手？」

「她說要乘搭港鐵，我便載她到港鐵站。」

「哪個站？」

「讓我想想，是……美孚站。」喪超頓了一頓，以懇求的語氣問：「老兄，你說愛娜昨晚死了，不是真的吧？」

「你今天可有見過她，或接過她的電話？」

「這個……倒也沒有……但，一個好端端的人被殺，新聞總該會報道吧？」喪超仍舊將信將疑。

「老大，我朋友的朋友在西鐵工作，那人今早告訴我的朋友，西鐵線天水圍站昨晚有人開槍，但給警方封鎖了消息。」長髮青年低聲道。

喪超雙眼流露出一絲失落，喃喃自語：「真有此事……」

「喪超，你好好想一想，你最近會不會開罪了別人，因而連累李愛娜？」

「我們出來混的，誰沒惹仇結怨？不過，江湖事，江湖了，絕不牽連家人，這是江湖規矩。要是真的得罪了誰，那仇家自會找我砍過，不會傷及無辜。」喪超的話中倒有幾分豪邁。

「好，我最後問你一句。」我指着桌上兩張照片，「他們是否相識？」

「據我所知，他們並不相識。」喪超捅一下長髮青年，「你以前跟愛娜在同一間酒吧工作，相識較久，你有見過這個黑人麼？」

「沒見過，真的。阿嫂最憎惡黑人。她前年曾經招呼過一個黑人水兵，回來後嘔吐大作。那次她一邊吐，一邊埋怨黑人體臭難當，發誓寧願餓死也不再做黑人的生意。我肯定，她不會結交黑人。」說着，長髮青年也顯得一臉厭惡。

他們的答案已解開我幾個疑點，於是我取回照片，轉身離去。

喪超在身後站起來，追問：「老兄，你是警察？」

「別問。」我頭也不回的走出茶餐廳。

阿漆在後面結了賬，趕上來，與我並肩而行。

華燈初上，雨霽風清，小販林立的廟街一片喧嚷。街道兩旁架起看似連綿不絕的攤子，賣手袋的A貨高懸，賣串燒的炭火熊熊，賣唱片的播罷尹光再播朱咪咪，還有賣T恤牛仔褲的、賣內衣胸圍的、測字算命的，好不熱鬧。勞力士、卡地亞的照片在紋身大漢手上晃來晃去，誰想光顧就跟他鑽進橫巷、暗角、樓梯底，一手交錢一手交貨。

阿漆問：「你認為喪超可信嗎？」

「他可不可信，我還不敢肯定，但有一點可以肯定的，他不可能聘請一個使用 VZ61 蠍式衝鋒槍的殺手，因為他沒門路，也沒那麼多錢。」

「你，你，氣色不好呀！」一個骨瘦如柴的中年相士拿着紙扇，煞有介事地向我們指指點點，「化解不得其法，輕則破財，重則有血光之災。過來，過來，讓我看清楚，贈你兩句。」

我和阿漆一笑置之，跨過水窪，橫過馬路，沒理睬他。然而我們卻聽見，那相士在身後對別的路人說着同一番話。

那相士每晚在此擺攤子，該曾見過那被阿漆的餐刀所傷的金髮瘦子吧，他可有膽量跟金髮瘦子預言有血光之災？若有，對方會相信他的話嗎？

我頗有興趣知道。

# 3

統統無功而還。

我們一眾特工精英，聚在 R 從前的辦公室內發愁。

R 亦沒有收穫，她循着大力的瀏覽紀錄，讀了大半天舊檔案，仍找不到任何可與大力被殺扯上關係的案件。她心情低落，滿眼紅筋，坐在電腦前默不作聲。我勸她稍歇一陣，她沒反應。我怕惹她生氣，不再囉嗦。

阿 Ken 最遲回來，一進門就大發牢騷，罵這人不配為人父母，罵那人不思長進，自作孽不可活。我們追問之下，原來他今天跟進十七歲死者鄧小權的身世，也是空跑一場，既沒發現新線索，還屈了一肚子氣。

鄧小權的爸爸是個無業漢，阿 Ken 拍門時，他剛喝了兩瓶半的生力啤酒，軟軟的癱在沙發上，應門的是鄧小權念小學的幼弟。另外，還有一個年紀稍長的女孩，坐在客廳裏一面啃隔夜麪包，一面做功課，她的功課做得一塌糊塗。鄧爸爸同樣一塌糊塗，當阿 Ken 提起鄧小權時，他醉醺醺地說，長子已有三、四天沒回家，還加上一句「不知死了去哪裏」。

屋裏的空氣瀰漫着一陣霉臭，茶几的煙灰缸積滿煙頭，地板至少一星期沒打掃過。透過打開的房門，阿 Ken 瞥見睡房的牀鋪亂七八糟，衣裳皺巴巴的堆成小山。從分隔客廳和廚房的玻璃窗看過去，廚房的垃圾桶也堆了一座小山，洗碗盤裏擺滿髒兮兮的鍋碗瓢碟。

有見及此，阿 Ken 決定不花時間在那「酒鬼」身上，改問鄧小權的弟妹。從小姊弟口中，阿 Ken 得悉他們的母親老早跑掉，鄧小權經常幾天不回家，一回家就跟酗酒的父親吵鬧，甚至打架，父子關係極差。至於鄧小權跟什麼人一起混，小姊弟都不清楚，只知道他晚上常到天水圍中央公園流連。

最後，阿 Ken 給了小姊弟一百元，着他們到樓下的快餐店吃晚飯，吃飽才回家做功課。

打發了小姊弟，阿 Ken 拿出手銬，銬起鄧爸爸，並拖他進浴室，開盡花灑的冷水淋醒他，正色告知他鄧小權已死。之後，阿 Ken 取回手銬，心情鬱悶的離開鄧家，剩下鄧爸爸坐在浴室地板上，懊悔自責。

到了晚上十時半，阿 Ken 在天水圍中央公園的涼亭，終於等到第一批「夜青」。阿 Ken 拿着照片詢問有誰認識鄧小權，有人回答認識，有人回答不認識，也有人回答相逢何必曾相識。

為消除他們的戒心，阿 Ken 自稱是記者，計劃發掘「雙失青年」的新聞故事，結果問得一些資料。

這些青年都認識鄧小權，他們跟鄧小權一樣，來自不健全的低收入家庭，不是雙親離異，就是父母不和，自幼缺乏管教。由於學業成績差劣，既沒有能力升學，也無謀生技能，才十多歲已感到前途灰暗，卻又不積極尋找出路、協助去改善現況，只是呆坐家中，終日無所事事，渾渾噩噩地有一天過一天。

阿 Ken 愈聽愈氣，終於按捺不住，痛罵他們道：「誰不想自己是億萬富豪的獨生子，含着金鑰匙出生？既然我們不是，就要腳踏實地做人。你們整日責怪家庭不好，責怪政府不好，責怪社會不好，有屁用？做人要爭氣啊！前途、事業不會從天而降，即使上天眷顧你，你也不能指望老天，坐以待斃。看，某某在單親家庭長大，中二加入黑社會，會考零分，他憑着努力仍能出人頭地，今天為人師表，獲選『十大傑出青年』；某某家境清貧，父親賣雪糕養活一家幾口，他憑着努力考取獎學金，留學英國，今天已貴為政府主要官員。這不都是一個又一個活生生的成功例子嗎？」

阿 Ken 複述至此，R 插口「硬銷」一句：「某某和某某都是信耶穌的。耶穌能安慰人的心靈，改變人的生命。」

阿 Ken 罵到這裏，那羣「夜青」當然知道他並不是記者，本想反唇相譏，但見他兇神惡煞，也不敢隨便招惹，於是一哄四散，逃得無影無蹤。

阿 Ken 任他們逃跑，因為憑一己之力、憑一把聲音，也改變不了什麼。何況他已作出結論——沒人會花錢請殺手對付鄧小權這種「夜青」。鄧小權中槍喪命，只是湊巧在場，飛來橫禍，要怪就怪他在那時間不留在家裏。

聽阿 Ken 敘述天水圍的經歷時，我留意到泰臣坐在一角，顯得神情落寞，滿懷心事似的，一反平日開朗多言的態度。

露絲悄悄告訴我，泰臣最早返回基地，回來後一直心神恍惚。我坐到泰臣身旁，問他發生什麼事。

泰臣取出錢包，打開給我看，錢包內空空如也。

「你掉了錢？」我問。

露絲問：「遇到扒手？」

阿漆問：「被人打劫？」

他一一搖頭否認。

R 不耐煩地說：「有話直講，我最受不了比我們女人還要婆媽的男人。」

「人間慘劇！人間慘劇！」泰臣垂頭，泫然欲泣。

「你快說出來吧，有什麼事也讓大家商量一下，可以幫助的，我們一定盡力。」阿 Ken 道。

「需要幫助的不是我，而是張永大遺下的孤兒寡婦。我今天到過張家，調查張永大跟大力的死有沒有關係。跟張太太談了約半小時後，我發覺她是個非常堅強的女人，能夠撐起半邊天，堪稱是我們……不……」泰臣伸出蘭花手，指着露絲和 R，「是她們，女性的典範。雖然家境窮困，但張太太窮得有骨氣。她堅持自食其力，不依靠福利救濟。她說要為兒女作榜樣，不想他們被人看扁。張永大兩年來開工不足，張太太便多做幾份兼職幫補家計，洗碗碟、倒垃圾、賣點心，她都願意做，而且做得十分賣力。她的一雙兒女十分懂事，大女兒讀小五，小兒子讀小二，都聰明伶俐，用功上進，每年考試不是考第一名，就是考第二名。我一想到她們三個無緣無故喪夫喪父，就替她們傷心難過……」

「因此，你把錢包裏的錢全給了張太太。」露絲咬着指頭道。

「稍後，她為丈夫辦喪事，我還要出力。」

阿 Ken 一聲不吭的走過來，將一把鈔票交給泰臣，道：「這是我的一點心意，請代我轉交張太太。她的不幸，真箇冤枉。」

泰臣「唉」了一聲，憤慨地應道：「不止張永大，其餘的人都死得冤枉。我們定要抓到兇手，還死者一個公道！」

話雖如此，但調查工作一籌莫展，我和阿添見過喪超後，就連最有可能的「情殺」假設也落空了。我們再沒明顯的線索可供追查。對於泰臣那句「抓到兇手」，大夥兒均難以開口和應。兇手是誰？大力因何被殺？我們茫無頭緒。抓誰？怎樣去抓？大家相對無言，過了好一會兒，露絲勉強擠出一點聲音：「不要灰心，至少還有廖美思那條線索，說不定，阿添明早往錢氏企業能問到些什麼。」

「對，大家早些回家休息，養足精神，明天繼續努力。」R 道。

阿 Ken 首先站起，伸個懶腰，嚷道：「累死啦！」

「且慢。」我靈光一閃，「錢氏企業，是不是前天慘遭滅門的那個錢富強的家族企業？」

「不錯。」阿漆打開記事簿，補充道：「廖美思是錢老爺，即錢富強父親的行政秘書。」

阿 Ken 歎道：「巧得很呢！錢老爺兩星期前病逝，長子錢富強一家六口前天喪命，昨晚又輪到廖美思。迷信的說一句，錢氏家族真是流年不利，死得人多。」

「阿 Wing，你這樣問及，是否覺得錢富強和廖美思兩宗案件，有什麼牽連之處？」阿漆問。

我沉吟道：「我不知道。只是兩者的案發時間相距只有一天，實在不尋常。」

R 問：「錢家還有什麼人？」

「錢老爺的妻子大約五年前去世，錢富強是長子，如今，錢家只剩次子錢富榮健在。」阿 Ken 道。

泰臣擔心地說：「如此說來，錢富榮可能是下一個受害者。」

「也可能是得益者。」露絲大唱反調。

R 抖抖眉毛，問：「此話何解？」

「你剛回港，錯過最近的花邊新聞。」露絲交疊雙手放在膝上，「錢氏家族是本地的隱形富豪，財產至少過百億。錢老爺病逝後，傳媒一直在關注這份巨額遺產的分配。記者朋友告訴我，同行千方百計打聽都沒有結果。不過，外界猜測，遺產會由錢氏兩兄弟平分。錢家的律師原定按照中國習俗，待錢老爺的『尾七』過後，才向錢家子孫宣讀遺囑。現在錢富強遭到不測，情況或許有變，錢富榮有機會承受所有遺產。」

「縱使如此，我想不到廖美思的死，跟錢家的遺產有何關係。她只是錢氏企業的一個祕書而已。」R 不以為然。

阿 Ken 說道：「錢富強的案件，自有警方處理。我們還是集中調查大力的案件吧。」

我點頭同意，道：「說的也是。這樣吧，阿漆，你今天幫我查問了喪超，明天我陪你到錢氏企業走一趟吧。」

「也好，明天，我一早駕車來接你。」

「不要太早。」我伸伸舌頭，「噢，我今天還遇到一個難題。大家可否幫忙參詳一下？」

泰臣一拍胸膛，說：「你有難處，儘管說出來。要錢有錢，要人有人，想打架有我泰臣。」

「不，只是個小問題而已，不用打架的。聽着，菠蘿是黃色，銅鑼是金色，什麼『羅』是綠色？」我鄭重地說明，「可能沒有答案的，大家不必太費神。」

我本以為他們聽後會面露難色，誰知他們神態自若，看似絲毫不覺困難，泰臣還搶先答道：「答案很簡單，是 Keroro。」

「竟然是卡通人物 Keroro ！＃＆○△ § ※」我心裏暗罵。

泰臣更多說一句：「這種問題，連小學生都知道答案啦！阿 Wing，你一定是看見我們沒精打采，想說個笑話解解悶。」

我極力掀動嘴角緊繃的肌肉，裝出一副笑臉：「是……笑話……」

R 拍一下掌，吩咐道：「好了，笑話說完，大家回家吧。」

「晚安……」各人一哄而散，剩下我和R。

我收起笑容，跟R說：「我送你吧。乞超──」

「沒事吧？」R從桌上的紙巾盒裏抽出一張面紙，遞給我。

「鼻敏感……」

「在華盛頓住了好一陣子，我的鼻敏感不藥而愈。現在竟輪到你。香港的空氣質素愈來愈差。你等我兩分鐘，我想列印一份文件，帶回去研究。」R按動滑鼠，「咦，印表機出了毛病。」

「讓我檢查一下。」我打開印表機的上蓋，抽出碳粉盒，發現一片紙角夾在組件之間，遂用指頭挑出紙角，再重新裝上碳粉盒，關好蓋子。印表機發出「嘶」一聲，恢復正常操作，開始吐出文件。

R點頭道：「可以了，謝謝。它出了什麼毛病？」

「紙碎塞住機件。」我隨手把紙角扔在辦公桌上。

R走到印表機前，收取文件時，問：「我離職後，誰使用這間辦公室？」

「正如 M 所說，一直擱着。」

「那就奇怪了，要是沒人使用，印表機怎會夾紙？」

「我記起了！大半個月前，我曾看見大力坐在這兒使用電腦。」

「大半個月前，即他得到凌駕密碼之後？」R 放下文件，跑回辦公桌，拾起那片紙角，「這是文件的右上角，上面印有檔案編號……」

「檔案……」我恍然大悟，「大力也曾列印文件。」

「Yes！」R 拿着紙角，坐回電腦前面，迅速輸入紙角上的檔案編號。

我湊過去，一同注視着顯示屏。未幾，主電腦的資料庫作出回應，畫面顯示出一份 PDF 檔案。

R 一拍桌面，惱然道：「原來是他——千面人！」

# IV 催魂遺囑

阿Wing夜探律師樓，險遭變態毒手，
幸找出致命關鍵。

# 1

「千面人是誰？我從沒聽過這個名頭。」阿漆問。

「我也沒聽過。昨晚Ｒ說，此人是個職業殺手，有關的案件一直由她那組人跟進。由於當時Ｒ組視我們為競爭對手，案件未破，他們仍把資料列作機密。」我道。

「千面人……聽起來，此人善於偽裝、易容。」

「對，千面人是易容高手，無論男女老幼，他都能偽裝得維肖維妙。千面人的殺人手法非常獨特，他從不作遠程狙擊，卻像一條蛇慢慢移近目標，出其不意地猛下殺手。或許，千面人可以藉此炫耀其高明的易容技巧。此人一向行事謹慎，各地警方都未能掌握他的廬山真面目，除了大力。大力兩年前曾逮住他，知道對方是個其貌不揚的男子。不過最終還是給他逃脫。」

阿漆歎氣，道：「真可惜！相信，大力仍為此耿耿於懷。」

「千面人逍遙法外，是文明社會的威脅。他的犯案手法既兇殘又狡猾，經常故佈疑陣，擾亂警方的視線，而使用的方法有時相當變態；曾經，他為殺一人，將峇里島一家酒吧炸成焦土，令警方一度誤以為是恐怖襲擊。」

「那麼，千面人大有可能為殺一人，將西鐵列車內其他乘客一併幹掉……」

「叮——」

升降機抵達大廈頂層，門「軋」的退開。

一個濃妝艷抹、年輕貌美的祕書小姐坐在升降機門前的接待處。我和阿漆踏出升降機，走向接待處。阿漆從門邊雨傘架上摘了一個透明膠袋，套住正在滴水的雨傘。

「兩位先生，請問有何貴幹？」祕書小姐嗲聲嗲氣地向我們打招呼。

阿漆展示警察證件，說道：「我們想跟錢富榮先生面談。」

「有預約麼？」祕書小姐打開登記冊，「咦，先前已來了一位督察，姓何的……」

我說明道：「何 Sir 是重案組的人，我們是特——別——工作組。」

「哦，讓我先請示錢先生，看他有沒有空跟你們會面？」祕書小姐提起電話筒，「兩位請稍候片刻。」

「有勞了。」我連忙退到離接待處最遠的沙發，坐下——因為祕書小姐塗抹了濃濃的 Max Factor 香水。

阿添坐在我身旁，無聊地瞧瞧牆上的掛畫，瞧瞧架上的小擺設。

不一會，祕書小姐蓮步姍姍的來到我們跟前。

我立即閉氣，她帶着微笑說：「錢先生可以給兩位十五分鐘。」

十五分鐘，我不期然瞥一眼腕錶，心想，如果對方坦白相告，五分鐘已足夠。

阿添首先站起來，道：「我們走吧。」

「請隨我來。」祕書小姐領着我們穿過走廊，推門進入一間寬敞的辦公室。辦公室呈橢圓形，靠近門口之處，是一列盡覽維港景色的臨海大窗，窗子的斜對面有個小酒吧，吧枱上擺放了一座遊艇模型；酒吧後面是個嵌入式酒櫥，裏面陳列着紅酒、白酒、香檳、威士忌、白蘭地；酒吧旁邊的六呎書架上，排放了七、八個檔案夾，還堆疊了各類汽車、音響、時裝、旅遊及娛樂雜誌。

錢富榮安坐真皮大班椅上，把雙腳擱在櫻桃木辦公桌上，他的鞋底粘着一團扁扁的香口膠。他的辦公桌也呈橢圓形，闊逾八呎，上面只有一台 IBM 電腦、一枝 Caran d'Ache 簽名金筆、一個無線電話，卻不見一頁文件。

錢富榮是城中的鑽石王老五，名字常跟女明星、名媛、名模扯在一起，他的照片不時見報。即使今年四十歲了，由於衣着入時，又懂修飾，外形比他的實際年齡年輕十年。

「嗨，兩位阿 Sir，請坐。你們跟何 Sir 一樣，也來調查我大哥的案件嗎？」錢富榮放下雙腳，拉正領帶。

「不，我們想知道廖美思的事。」我開門見山的道。

「May，請替我倒一杯紅酒，1998 年那瓶。」錢富榮優雅地抬手，問：「你們也來一杯……」

「辦公時間，我們不喝酒。」阿漆揚起下頦。

「那麼，需要咖啡或茶嗎？」

我搖頭，語帶諷刺的道：「不必了，我們入正題吧。你的時間寶貴。」

「Okay，那就一杯紅酒吧。」錢富榮順勢，擰一下祕書小姐的屁股。

祕書小姐嬌笑一聲，快步躲開。

錢富榮坐直身子，回過神來，道：「噢，對了，美思的事。說起來，我兩天沒見她了，她大概因為傷心過度，請假在家抱着枕頭哭完一場又一場吧。」看着他的態度輕佻，父親病逝不足一個月，兄長又死於非命，臉上竟沒絲毫傷感。如此涼薄的人，確是世間罕有，我建議大可將他歸類為瀕臨絕種動物，永遠關在博物館或動物園之內。

阿漆微感驚訝，問：「她為什麼傷心？」

「為了我老爸。不說你們不知，若非老爸早逝，只要多挺半年，她將成為我的繼母。所以，老爸過身，美思不免傷心欲絕。你們別誤會美思貪錢，她與老爸是真心相愛的。老爸喪偶多年，續弦是正常的事，男人嘛，尤其上了年紀的，需要有人作伴。美思嫁老爸，並非單單為了金錢，我敢肯定。」

錢富榮口沒遮攔，看來，我們套取口供的過程出奇順利。

此時，祕書小姐端着紅酒折返，她把紅酒放在桌上。錢富榮作勢擰她，她誇張地尖叫一聲，便趕緊溜開了。

「錢先生，你怎會如此肯定？」我順着他最後的話，引導他說出更多內情。

錢富榮喝下一大口紅酒，乘着酒興，繼續暢所欲言：「美思追隨老爸十多年，她在錢氏企業直接隸屬老爸，協助處理大小事務。他們一個青春少艾，一個成熟有型，兩人朝夕相對，共渡了人生許多的順逆，終致日久生情。這事，大哥並不知道，公司內也沒有人知曉，只有我知道。那是老媽去世後的事，我無意中撞破他倆在辦公室裏接吻。我答應老爸保守祕密。又有一天，我跟老爸喝酒，他說想迎娶美思，並考慮修改遺囑，把美思列入遺產繼承人之一。老爸問我意見，你們猜我怎樣回答？」

我和阿漆面面相覷，我隨口瞎猜：「反對？」

「我當然不會反對啦！做人要懂得知情識趣嘛！美思既已得寵，要是我反對的話，定會觸怒老爸；倘若我贊成，老爸必會視我為親信。」

「然而，遺產多分一份，會分薄你所得的數目。」我道出最實際的問題。

「哈哈……你跟大哥一般的貪心、短視。」錢富榮再喝一口紅酒，「老爸財富豐厚，遺產分三份也好，四份也好，只要能佔其中一份，我已一世無憂。我是個懂得知足的人，不需獨佔全部……」

「現在，你大有機會獨佔全部。」阿漆毫不客氣地打斷他的話，「因為，廖美思也死了。」

「嗄！」錢富榮的手一抖，潑出一灘紅酒，「美思死了！」

我接着道：「令兄死於非命，廖美思遭人槍殺，我們已有足夠證據，顯示是職業殺手幹的。」

「然則，你們懷疑我為了獨佔遺產，聘用職業殺手剷除大哥和美思？」錢富榮開始動氣，「荒謬！我是一個享樂主義者，熱愛和平，有錢一起花，有福一同享，幹嗎要打打殺殺？老爸的財產，我想，即使是十分之一，也足以一輩子都花不完。」

「到底，錢老爺的遺產分了多少份？」阿漆問。

「遺囑仍在高律師的保險櫃裏，我哪裏能知道！」

「錢富榮先生，看來，你需要跟我們回去總部一趟，深入詳談。」我道。

「不行，我約了嘉玲吃午餐。我很辛苦才約到她。」錢富榮理直氣壯地說。

阿漆扯高衣袖，粗聲粗氣地說道：「你只有兩個選擇。第一，自動自覺跟我們離開，登上我們的車子；第二，我們押你離開，扛你上車。」

## 2

我、R和阿漆站在盤問室的單面反光鏡後面，觀察錢富榮錄口供的情況。本來錢富榮揚言，要有律師陪同才肯答話，不過，我們看透他的死穴，派出露絲盤問他。結果，露絲只談了幾句，他又滔滔不絕了。

露絲問他為何對父兄的死無動於衷。

他即大談生老病死乃人生必經階段，做人要及時行樂，不枉此生……

R不屑地說：「錢富榮這副德性，不像幕後黑手。」

「凡事不可單看表面，他可能裝模作樣，骨子裏卻是心狠手辣，殺人奪產。」我道。

「我同意，凡事不可看表面。阿 Wing，昨晚你的 Keroro 笑話，很有啟發性。」

「什麼？」我不明白阿漆話中的含意。

「那笑話由三個短句組成，首兩句營造了表面的錯覺，菠蘿和銅鑼，誤導我們朝實物的方向思考，因而忽略了真正的答案是卡通青蛙。昨晚離開總部後，我和露絲談了很久。」

「談 Keroro ？」

「不，我們談案情。」

「下班還談案情？你這人真不解溫柔，應該多留時間給對方……談情。」我噗哧一笑。

R 捅我一下，沒好氣地說：「認真一點吧。」

「我正認真地勸他。」

阿漆白我一眼，道：「我們得出一個結論。一開始，由於某些表面錯覺，引導了我們朝着錯誤的方向去思考案件。」

R饒有興趣地眨動眼睛，問阿漆：「什麼錯覺？」

阿漆解釋道：「我們看見大力和李愛娜死在一塊，便以為他們同行；我們看見廖美思死於月台與車門之間，便認為她在登車時被殺。」

「嗯，現已證實大力和李愛娜並不相識。至於廖美思，我們的確遺漏了當晚天水圍站的CCTV，要盡快翻看。」我道。

R輕吟一聲，道：「其實，較早前，我和露絲看過天水圍站的CCTV紀錄，但我們着重尋找槍手的逃走路線，而忽略了廖美思。也可以這樣說，我們以為廖美思與案件沒有直接關係，不大重視她。」

阿漆說道：「我們早上往錢氏企業時，露絲已重看一遍天水圍站的CCTV。我們押錢富強回來後，露絲表示找不到任何廖美思進站、入閘的片段。露絲還翻看了零時十五分後西鐵各站的情況，同樣沒看見廖美思。」

R沉吟道：「唓，情況跟找不到槍手和大力入站和登車的片段相似。」

「啊！」我驚叫，「如此說來，廖美思一直在槍手附近。由於槍手身上有干擾裝置，因此 CCTV 也拍不到廖美思。」

「對了！給你一言驚醒。」阿漆瞪大眼睛，「真實的情況極可能是，槍手跟蹤廖美思，大力跟蹤槍手。」

「若然是這樣，當廖美思在天水圍站下車時，也許槍手發難，大力也即時發難。」我輕推 R 和阿漆的肩頭，把 R 推向左邊，把阿漆推向右邊，然後退後五步，背靠牆壁，伸直食指和拇指，模仿槍手開火，「槍手的火力強勁，他先射殺大力，再射殺剛步出車廂的廖美思，最後輪到李愛娜、張永大和鄧小權。廖美思中彈後，跌倒在車門和月台之間。我們以為她登車，其實，她當時正下車。原來我們猜錯了！」

「不對，不對。」R 轉身面向房門，「如果我是廖美思，你是槍手。列車到達天水圍站的時候，右邊車門打開，我下車，你在我的右邊射我，按道理，該是我的右側額中槍。然而，廖美思實際上是左側額中槍。」

我的思緒堵住了，一時答不上話。

「可能是這樣。」阿漆扳 R 轉身背向房門，「如果我是大力，被槍手連射四槍，多少總會發出一些聲音，如呻吟、慘叫之類，你若聽見，你的自然反應都會轉身看個究竟。」

「於是……」我走上前，用食指輕碰 R 的額角，「我的子彈轟中你的左側額。」得到阿漆的補充，推理水到渠成。

「好，暫時給你們說通了。」R 挑不出破綻，「不過，你們所言的是否實情，只有逮住槍手後，方可證實。」

「我們的推理，雖不中亦不遠矣，乞——超——對不起，我的鼻孔突然發癢。」我狼狽地掏紙巾抹淨鼻涕，「Okay，繼續吧。由於有五名死者，我們起初迫不得已分頭調查，繞了許多冤枉路。這種犯案手法，符合千面人一貫的作風。」

「如果，兇手是獲聘用殺人的千面人，如果錢富強和廖美思同是遺產受益人，那麼錢富榮的殺人動機再明顯不過了。」阿添斷然道。

「那份遺囑，我非看不可。」我下定決心。

R茫然地問：「你怎看？律師一定不肯交給我們。」

「山人自有妙計。」我成竹在胸。

## 3

下午七時四十五分，我戴起外科口罩，穿上連身工作服，裝扮成清潔工人，推着載着清潔用品的金屬小車，來到高律師的事務所門外。

「嗨，阿發今晚不上班嗎？」門外的保安員問。

「他生病，染上流感。公司派我來當替工。」

「你戴着口罩，也不見得身體健康。老兄，別在這兒散播病菌啊！」保安員提防地用手掌掩着口鼻。

我如實相告：「我患的是鼻敏感，不是流感，不會傳染的。」

「原來是鼻敏感，我就放心了，進去吧。」接着，保安員為我開門。

「謝謝。」

「等一等。」保安員從身後喊我。

我停下來，回身問：「有什麼不妥當麼？」

「沒不妥當。只不過……高律師還在辦公室裏，我勸你最好……別打擾他。」

「曉得。」我推着金屬小車繼續前行。

我早已打聽過，高律師是工作狂，每天當所有職員下班後，他還獨自留下加班。我就是看準這個機會，待會闖進他的辦公室佯裝打劫，迫使他打開保險櫃，繼而打暈他，找出錢老爺的遺囑影印，最後把正本放回原處，再順手取去一些財物。待高律師甦醒過來，任他如何點算損失，也不會察覺真正失去的是什麼！

嘿嘿，我的計劃簡直妙絕。為了加強威嚇效果，我特地選帶一棍大口徑的 500 S&W Magnum 手槍，放在金屬小車下層的膠水桶內，用抹布蓋好。稍後，進入高律師的辦公室後，我亮出這看似連大象都可轟斃的巨型手槍，一定將他嚇個半死。

走着走着，經過一排文件櫥，來到高律師的辦公室門外，找個什麼藉口進去好呢？

房門「伊」的打開——

「阿發——」高律師從房間內跳出，我後退半步。

「咦！你不是阿發……」他的左手拿着一本《天龍八部》，右手豎直中指，像向我打出一個粗口手勢。

我再後退兩步，故作驚惶地說：「我叫阿 Wing。阿發生病了，我來當替工的。」

高律師前額半禿，長得胖胖矮矮，臉上蓄了兩撇小鬍子，樣子頗為滑稽。我看要是他不當律師，該可客串演趣劇，站在台上，不說不動也能引人發笑。

「阿 Wing，你的身形比阿發高大。」高律師揑揑我的肩膀，滿意地點頭，「體格比阿發強壯。好！進來幫個忙，可以嗎？」

「樂意之至，要我搬東西嗎？」我正中下懷。

「進來再說。」他一手把我拉進辦公室，將我的金屬小車留在門外。即使沒有手槍，我一根指頭仍可制伏這禿頭小鬍子。

進得辦公室，但見迎面的牆上掛了一幅巨大的人體穴位圖。

我搓着手，問高律師：「要搬什麼？」

「不是搬東西，你乖乖坐在椅上，便可以了。」

我依言坐下，不解地問：「光是坐着這麼簡單？你找我幹什麼？」

「助我練習六脈神劍。」他又豎直中指，「我正練中沖劍。」

「嘎！」我立即彈離椅子，「你讀武俠小說學點穴？不是吧？」

相較在辦公室內射箭的M，這位高律師更瘋、更傻。

高律師低眉合十，道：「有何不可？實不相瞞，我是少林俗家弟子。」

「你既是少林弟子，怎麼不練少林七十二絕技，卻去練大理段氏的武功……這簡直是欺師滅祖。」

「阿 Wing，你能說出六脈神劍的來歷，足見你對武學有點見識。可惜，你的眼界太狹隘了。練武之人要挪開門戶之見，集各家之所長，方能弘揚中華武術。」

高律師的言行，令我看傻了眼。

我急不及待地說：「你練你的武，我掃我的地，河水不犯井水；你繼續練武，我繼續掃地，後會有期，請請。」

「且住，我需要一個健壯的拳靶子，你讓我點一下胸前的神封穴吧。點倒你，我給你一千元；點不倒，我給你二千元。」

「不行，不行。」

「你只會感到酸酸麻麻，我不會弄傷你的！」

我故作貪婪地笑，道：「起碼五千元。」

「好，成交！」高律師紮牢馬步，右手中指高舉過頭，「預備！」

我暗運內勁，先把勁力聚於神封穴，待他點我穴道之際，我便以內勁反震，將他震倒，再迫他打開保險櫃。

「喝！看招！」他一指點過來。

「哎喲——」我中招倒地，渾身酸麻，悻悻然地罵他：「喂，明明說好了神封穴，怎麼點了我的期門穴？你點錯穴啊！」

「嘿嘿，我沒點錯。」高律師得意洋洋地笑道：「我騙你。第一，是因為我要在你沒防備下，點你的期門穴。」他退到保險櫃前面，俯身「嘟嘟嘟」的按下一串密碼，拉開鋼門，「第二，其實……我暗地裏加入五毒門。」

高律師的保險櫃分上下兩層，上層放滿一疊疊文件和現鈔，下層擺放了十來個白瓷瓶。他繼續說：「你比阿發強壯，可以下一劑重藥。嗯，毒蠍子、赤蜈蚣、鶴頂紅……」

「你到底想要幹什麼？」我向他吼道。

他從保險櫃裏取出三個瓷瓶，攜到我身旁蹲下，興致勃勃地說：「我想你替我試毒。放心，我到最後關頭會及時給你解藥，不會有事的。阿發也常替我試藥，賺取外快。」

我不能任由這個瘋子在我身上下毒，我慌忙閉上雙眼，集中意志，氣聚丹田，嘗試沖開被封的期門穴，盡快恢復自由。這人的點穴手法幼嫩粗淺，應該不難沖開穴道的。

「嘖嘖嘖，你真膽小，連看都不敢。不要害怕喔。」高律師戲謔我道。

驀地，我感到他正在脫我的衣服。我給嚇得張大眼睛，向他破口大罵：「喂！停手呀！你這變態佬，快停手……」

「沒法子，得罪了，我要拍攝整個過程作紀錄。放心，我一定會把影片妥善存放，不會被人盜去、上載到互聯網；就算電腦壞了，我也承諾不會隨便找人修理。」他的脫衣手法非常熟練，三扒兩撥便把我脫得一絲不掛。

我慘叫道：「至少，你留我內褲。」

「不，我要拍下你身體各個部位的變化。」高律師把我的內褲扔在一旁，轉身搬出攝錄器材，嫻熟地張開三腳架，裝上攝錄機，調校好拍攝角度、光暗、焦距。接着，他掀開那三個瓷瓶的蓋子，在瓷碟上各倒出少許藥粉，再傾側花瓶加進幾滴清水，用指甲尖混和成稠狀，再揉成藥丸。

高律師自言自語地說：「應該有點苦味，要是你乖，我給你加應子吃。」

我看傻了眼，加緊運氣沖穴。可是心愈急，氣愈亂，連沖三次都不成功，還累得氣喘如牛，大汗淋漓。

「你急什麼？現在給你吃囉！」高律師用兩根指頭，夾起那又黑又臭的藥丸。

「我呸！你這個變態佬……」剛罵了半句，我猛然醒悟——我若再罵下去，等於張開嘴巴讓他餵藥，於是，便馬上閉口。

「罵啦！為什麼不罵？」高律師把藥丸遞到我嘴邊，「你即使不罵，我也有方法令你開口。」他的另一隻手搔我腋窩的癢。

我大駭，生死關頭，靈台清明，不知不覺摒除雜念，內息歸一，部分經絡暢通，左邊身子登時活動自如，本能反應地揮出左掌，握住他的右腕，把藥丸推開。

高律師眉頭一蹙，發力逼回來。我再推，他再逼，藥丸在我嘴臉上方，來來回回，僵持不下。突然，他又豎直左手中指，望我的期門穴點下。我咬緊牙關，使盡吃奶的力，來個 180 度翻身，讓他點我背部的魂門穴。

背部一痛，果然給點中！期門與魂門相沖，穴道驟然解開。我旋即雙掌撐地，身子彈地而起，左右腳向後連環蹬踢，「逄」、「逄」兩聲，也不知踢中高律師身體哪一處部位，總之就是把他踢倒。

我打個空翻，落在辦公桌上，只見高律師伏在地上，欲掙扎起來。我躍下辦公桌，光着屁股，往他後頸重重的補上一掌，把他擊昏。

高律師躺臥地上，雖沒反抗之力，我仍多踹他兩腳，方能泄我心頭之恨。

匆匆穿回衣服，我在保險櫃裏找得錢老爺的遺囑，利用辦公室的影印機複製一份副本，再把正本放回原位。接着、我拆掉攝錄機的記憶卡，連同那十多瓶藥粉一併帶走，免他繼續害人。

雖然過程不大順利，但總算化險為夷。我閃出辦公室，把記憶卡和藥粉瓶放進金屬小車的膠水桶內。保安員在走廊盡頭探頭探腦，大概他聽見吵雜聲，欲過來看個究竟。看見我從辦公室出來，他問：「剛才沒事吧？」

「沒事，沒事。」我裝作若無其事，「高律師覺得累，在辦公室裏休息。我勸你最好別去打擾他。」

保安員看看手錶，追問我道：「你這就收工？還沒打掃呢！」

「剛賺了五千元外快，不幹了。」

「五千元……」保安員愈加好奇，欲多問一句。

我不理睬他，自顧自推着金屬小車，迤邐而去。

我自問閱歷尚算豐富，足跡遍及七大洲、五大洋，上天下海入地都曾涉足，但今天在這間律師事務所遇上的怪事，確是從沒想過。或許，關上房門後，人們總有不可告人的祕密。

# V 蛇行殺手

易容殺手鬧市現身，

離奇「雪花」再現，疑兇二選一！

# 1

下了幾天「長命雨」，天色終日陰陰沉沉、鬱鬱悶悶，令人好像患上渴睡症似的，做什麼都提不起勁。今早放晴，在久違的陽光照耀下，每個人看來都添上幾分朝氣。雖然調查工作未有突破，殺死大力和其他人的兇手，仍然逍遙法外，想來，不免令人氣憤，但我們都是專業特工，不會任由情緒支配我們的思維和行動，日子如常度過，工作仍舊忙碌。

我們釋放了錢富榮，不過，泰臣和阿 Ken 輪流監視他，以及截取他的電話、電郵通訊；R、阿漆和露絲正研究千面人和錢氏企業的檔案，嘗試找出有用的線索；M 繼續神龍見首不見尾，Ada 說他到深圳打高爾夫球去了，我對她的話半信半疑。至於我，由於犧牲大，貢獻更大——

「登登登凳——」我把犧牲色相換來的文件副本，隆而重之的攤在桌上。可是，大夥兒都在埋頭苦幹，沒人理會我。

我掃視一圈，知道大家並非故意忽視我，只是太集中精神罷了。我決定提高聲線，再「登登登凳」一次。

此時，路過探班的嘉薰醫生拾起文件，喊道：「咦！錢老爺的遺囑……」

眾人聞言，紛紛離開工作枱，聚到我和嘉薰醫生身旁。

阿漆好奇地問：「你果然打遺囑的主意，但……你用什麼方法把它得到手？」

「方法並不重要……最重要是成果……」我顧左右而言他，那些糗事，絕對絕對不能讓他們知道，「看見遺囑時，我也嚇了一跳。原來錢老爺把家產分作四份，平均分給四名受益人。」

「意想不到啊！」露絲摘下眼鏡，「撇除錢富強、錢富榮、廖美思三人，第四人是誰？」

嘉薰醫生看着遺囑唸道：「那人名叫朱小燕。」

阿漆瞧着我，困惑地問：「朱小燕是什麼人？」

「我不知道呀，別用這樣的目光看我。」

「這個名字，我倒曾見過，你們給我幾秒鐘。」R 跑回電腦前，輸入指令。

眾人的焦點自然集中於 R 的電腦顯示屏上。

「大家聽一聽。遺囑上，其中一項附帶條款很值得注意。」嘉薰醫生在後面像唸書一般朗讀：「若有受益人在宣讀遺囑前身故，那人所得的遺產會由其餘的受益人平均分配。」

露絲歎道：「就是這項條款，引起殺機。」

阿漆也歎道：「錢老爺聰明一世，晚年愚昧一時，竟想出這項禍延子孫的條款。」

「有了。」R 把畫面放大，向眾人解說：「兩年前，錢老爺的下屬伍百川開始按月轉賬十萬元至朱小燕的銀行戶口。我覺得事情古怪，便記在心上。」

「讓我查一下朱小燕是什麼來路。」露絲回到自己的工作枱，手按滑鼠，「先從銀行資料入手。R，請給我她的賬戶號碼。」

「好，立即用電郵發給你。」

我道：「嘉薰醫生，請告訴大家，遺囑見證人那一項，寫着誰的名字？」

「啊！非常巧合呢！」嘉薰醫生驚訝地叫道，「伍百川正是這份遺囑的見證人。」

阿漆提議道：「他是遺囑見證人，知道的內情比錢富榮還要多。我們找他談談吧。」

「不可打草驚蛇。」我持相反意見，解釋道：「明顯地，現在有人泄露遺囑內容，引致遺產受益人逐一被殺。而讀過遺囑全文的，除了錢老爺，按理便只有高律師和伍百川兩人。我……接觸過高律師，此人……不似幕後黑手。故此，我們要釣大魚的話，就不能嚇跑伍百川。」

「我找到朱小燕的資料了。」露絲按下「Enter」鍵，「她現年二十五歲，未婚，長於單親家庭，自幼與母親相依為命，其母五年前去世。她的教育程度……中五，會考僅僅及格。中學畢業後，當過……售貨員、收銀員、電話接線生，住在天水圍。不過，兩年前非常戲劇性地遷往寶馬山的現址，之後就沒再工作了。」

「每月有十萬元花，當然不用工作啦！」我有點妒忌。

「你們猜，朱小燕在寶馬山的住處，是誰替她繳付租金？」露絲問。

「伍百川？」我有信心猜對。

「不錯。」

阿添靠着椅背，雙手在腦後交疊，猜道：「伍百川金屋藏嬌耶？」

「依我估計，伍百川只是奉命行事。」R 道。

露絲接着說：「也是兩年前，朱小燕驗過 DNA。」

嘉薰醫生踏前一步，問：「可以找到錢老爺的 DNA 資料嗎？」

「我也是這般想。因此，順便登入醫管局的資料庫。」露絲微微一笑，把兩份 DNA 報告列印出來，嘉薰醫生從印表機上拿起報告。

「怎樣？是不是？」我湊過去看看，儘管看不懂報告的內容。

「是。」嘉薰醫生點頭，「他們的確是父女。」

我吹一下口哨，帶笑道：「有其父必有其子，論到風流，錢老爺跟兒子不相伯仲，不單止有紅顏知己，還有私生女。」

「好了，讓我們整理一下手上的資料。」R 把一塊白板移到面前，用黑色水筆在板上寫下：

| 涉案人物 | 與錢老爺的關係 | 遺產所佔 % | 生／死 |
|---|---|---|---|
| 錢富強 | 父子／遺產受益人 | 25% | 死 |
| 錢富榮 | 父子／遺產受益人 | 25% | 生 |
| 廖美思 | 紅顏知己／遺產受益人 | 25% | 死 |
| 朱小燕 | 私生女／遺產受益人 | 25% | 生 |
| 高律師 | 下屬／遺囑律師 | 0 | 生 |
| 伍百川 | 下屬／遺囑見證人 | 0 | 生 |

「各位，下一個受害人會是誰？」R 用水筆敲敲白板。

我搶答道：「朱小燕。」

「錢富榮。」阿添的見解又與我的相反。

露絲托頭，皺起眉頭道：「的確，兩人都有可能。」

R 推開白板，站起來說：「千面人行蹤飄忽，與其大海撈針，倒不如穩守突擊。既然他的下一個目標，不外乎朱小燕或錢富榮。我們兵分兩路，阿 Wing、阿 Ken 和我監視錢富榮，阿添和泰臣監視朱小燕。千面人一出手，我們就逮住他。」

「這樣，未免太冒險了。」嘉薰醫生對 R 的計劃有所保留，「我指的冒險，是讓朱小燕、錢富榮作餌。」

我贊成 R 的計劃，幫腔道：「只有這個方法，才可引出千面人。他倘若攻擊朱小燕，錢富榮就是幕後主謀，相反亦然，這是一石二鳥之法。我認為值得一試。只要小心部署，謹慎行事，千面人便沒法得逞。」

有人提議，有人附和，沒人反對，大家便依計行事。

## 2

自前天開始，錢富榮、朱小燕、伍百川、高律師等人，一下子全都躲在家裏，足不出戶。高律師被我踢傷，需要休養，還有其道理；至於其餘三人，為什麼不敢露面？

錢富榮為要逃避殺手狙擊，抑或逃避我們跟蹤？至於伍百川與朱小燕，他們在擔心什麼？特別是朱小燕，她有可能知道自己是其中一名遺產受益人嗎？

想深一層，也有這可能，錢老爺既與她相認，或曾告訴她遺囑之事，我們應該找她問話。不過，R 的首要目標是千面人，她一再主張不要驚動錢富榮與朱小燕，靜候千面人出手，因為錢富榮等人怎也溜不掉，捉拿千面人卻非常困難，這趟若給他逃脫，日後更不知往何處追捕。

想到要為大力報仇，要剷除一個犯案累累的職業殺手，在公在私，眾特工對 R 的計劃別無異議。

「我忘了問你，你為什麼不懷疑朱小燕？」R 問我。

我和 R 坐在 Cayenne 四驅車內，四驅車停在錢富榮的豪宅外面；阿 Ken 則留在對面大廈的一個單位內，架起長筒望遠鏡，監視錢宅的動靜。

今早，阿 Ken 截聽到伍百川給錢富榮的電話，伍百川力陳利害，勸錢富榮務要在下午三時返回公司，主持一個特別會議。錢富榮起初不願意，最終答應了。現在，錢富榮即將出門，我和 R 守在門外，第一時間跟蹤他。

我想了想 R 的問題，曲起右手食指來一個「碧咸式」的搔鼻翼，答道：「錢富榮和朱小燕都可疑。然而，聘用千面人所費不菲，朱小燕沒有這個財力。」

「有沒有想過，另有人資助朱小燕？當其他受益人死掉，她獨佔全部遺產，再分一份給那資助她的人。」

「唔，有道理，實情若是這樣，誰是資助人？」

「依我估計，不外乎伍百川和高律師二人。對了，你早前說過高律師不似幕後黑手，為什麼？噢，你還沒告訴我，你如何從高律師手上取得遺囑副本。」

我聞言，隨即由「碧咸」變為「蠟筆小新」，賴皮地問：「Woo——小姐，可以不說嗎？」

R 不禁發笑，說：「不可以。」

「可以說謊嗎？」

「也不可以。」

「好吧。」於是，我尷尷尬尬地告訴 R，在高律師辦公室裏發生什麼事。我以為 R 聽完後，會取笑我一番。誰料，她一言不發，木無表情地推門下車。

「怎麼啦？」我只管跟着下車，心裏有點不安。

R 站在路肩之上，雙手按着路邊的欄杆，背向着我。路肩對着一片草色清新、綠意盎然的斜坡。斜坡上長了一列馬尾松，陽光透過輕薄的枝葉，在地上枯黃的松針及乾硬的樹根之間灑下點點日光。風吹過，枝幹輕晃，松針紛紛散落，三數根剛好附在 R 的長髮上。

「你怎麼啦？」我用左手扶住她的腰，右手拈走她髮上的松針。

我感到 R 的身體在顫抖，她轉眼看我，淚水在眼眶裏打轉。

我柔聲安慰她：「慢慢放鬆，沒事的，沒事的。」

R 吃力地張開嘴巴，喚了一聲「阿 Wing」後，撲進我的懷裏嚎啕大哭。我緊緊抱着她，讓她的淚水宛如河流決堤般湧出，一下子沾濕了我的襯衫。她的十指在我胸前的濕衫上面沒有意識地扯揑，像要尋找什麼失落的東西似的。

我想起她往美國前，在她父親的故居也曾出現類似的情緒突變（詳情請閱《幽靈直線》），當時我不知道她患有抑鬱症，被她嚇得不知所措；現在，我既知道她的情況，更加不知所措，我還以為她的病已在美國治愈。此際，她的情緒失控，我不知道可以做些什麼，來幫助她平復下來？

「鈴……」

這時候，誰人不識趣打電話給我？我微微扭腰，從後袋裏取出手提電話。來電的是阿 Ken。

「喂，阿 Wing，錢富榮出門啦！你們還在卿卿我我？」

「哦，我們會跟着他，保證不會給甩掉。你擔心自己趕不上來吧。」我掛線後，握住 R 雙臂，輕輕將她推離我的胸膛。她垂下頭，不住哆嗦。

我輕聲對 R 說：「我們要登車了，你行嗎？」

R 深呼吸，吃力地點頭。

我小心翼翼地扶她坐進車廂，為她扣好安全帶，關上車門；左手一按車頭，飛身躍起，曲腿坐在車頭蓋上滑到四驅車的另一邊，然後跳進駕駛座。

剛扣上安全帶，便見載着錢富榮的「平治」房車駛出錢宅，右轉開往大路。我立即踏下油門，驅車跟在後面。路上汽車流量不多，我稍稍加速已能追近。瞧一眼倒後鏡，阿 Ken 的「福士」在後頭力追，相隔我們大約六、七個車位。再瞧一眼 R，她斜倚座位上，把頭靠着車窗，長髮披面，不知她有否還在哭泣？

「R ？」我嘗試喚她。

她沒反應。

什麼誘因令她的抑鬱症復發？之前，我跟她說在高律師辦公室裏的經歷，是六脈神劍？五毒門？抑或是我被高律師點中穴道？

前方，錢富榮的「平治」已駛進海底隧道。

辦案要緊，這時候，我無暇照顧 R 了，待會騰出時間，才帶她去看醫生。

此刻，我也駛進隧道。

R 緩緩坐直身子，雙手緊扣胸前，垂頭似在祈禱。我記起她那本《勝過憂鬱》和信仰治療，祈禱或對她有幫助。我不打擾她，雙眼盯着前路，專心跟蹤錢富榮。

隧道裏的車輛不准轉線，不准超車，錢富榮的「平治」就在前面，我略為減速，使兩車之間保持兩秒安全行車距離。後頭的阿 Ken，於進入隧道前已追貼了一些，把距離收窄至三個車位。

在隧道裏駕駛，有一種氣悶的感覺，除不見天日，路面平直，景觀亦沒甚變化——頭頂的路燈、輪下的白線、路旁的緊急電話，位置千篇一律，看久了，會令人打呵欠。

R 抬頭看着我，幽幽地說：「對不起。」

我吁一口氣說：「你把我嚇壞了。」

「憂慮鋪天蓋地的、災難似的忽爾湧上心頭，那種壓力極大，我承受不了。」

看着她那渙散的眼神，我問：「你憂慮什麼？」

「你的安危，你差點給高律師害死。」

「唏，我不是已經化險為夷了嗎？況且，你應該對我的身手有信心。」

「你還是不明白，不是你的問題，問題在我身上。即使一丁點兒不順心、不悅的感覺，轉瞬間就可以在我的思緒中不由自主的膨脹，無限擴大。我簡直是瘋的！

傻的！」

「你可以不向壞處想下去。」我勸她道。

「說是容易，做起來極難。」R淺淺苦笑，「單靠個人的力量，根本沒可能勝過憂鬱，不然的話，就不會有這種病。」

「當然，你需要醫生和藥物。」

「醫生和藥物治標不治本，這是療養院長說的。他引導我學習倚靠耶穌。」

「所以，你剛才祈禱？」

「對，基督徒的生命容不下消極主義。一切消極的因子，諸如自私自憐、挑剔抱怨等負面想法，不僅有害，也會不斷惡化，愈想則愈壞，愈壞則愈想。惟有跟從《聖經》的原則，我才可以勝過抑鬱。」R頓了一頓，念道：「凡是真實的、可敬的、公義的、清潔的、可愛的、有美名的，若有什麼德行，若有什麼稱讚，這些事你們都要思念。」

「那麼，你要恆切祈禱，多信靠上帝。」我不大明白她說什麼，既然她認為信仰能助她克服抑鬱，我便要支持她。於是，我搬出姐姐常掛在口邊的金句：「應當一無掛慮，只要凡事藉着禱告、祈求，和感謝，將你們所要的告訴上帝。上帝所賜、出人意外的平安必在基督耶穌裏保守你們的心懷意念。」

「阿 Wing，你能說出這番話，證明你離上帝不遠。你要努力，抓着上帝的救恩。有你結伴同行，我很開心。」

我握一下她的手背，正色道：「我不會捨你而去。」

說着，隧道出口在望，眼前是眩目的陽光，擋風玻璃外面的藍色車身，泛出一層遊移不定的金光，迎着日輝，燦然閃爍。

「阿 Ken，請通話。」我抓起儀表板上的無線電對講機。

「收到，請說。」阿 Ken 回應。

「駛出隧道後，我會超車，先錢富榮一步到錢氏企業那邊看看情況。你負責跟蹤錢富榮。」

「放心交給我吧。」

「好。」我駛出隧道，加速超前，穿越自動收費閘口，把錢富榮和阿 Ken 的車子甩在後頭，望錢氏企業奔馳而去。

「待會兒，你仍覺不適的話，只管留在車上，把事情交給我辦。」我瞥見 R 的手仍在發抖。

「嗯。」

駕駛途中，我曾聯絡露絲，請她透過警方的交通控制系統，將我路上遇到的交通燈號統統轉成綠色。一路上暢通無阻，轉眼已到達錢氏企業大樓。我打算駛進停車場，但停車場入口架起雙重鐵馬，兩名保安員守在鐵馬前面，揚手向我示意停車。我合作地停車，按鍵放下車窗。

一名保安員彎腰，俯身向我說：「先生，停車場暫時封閉了，請你把車子開走。」

我故作無知的問：「我約了貴公司的人開會。發生什麼事？乞超——」

這兒沒花香，我對什麼敏感？

保安員慌忙後退，高聲答道：「我不清楚。我們保安部臨時收到管理層的指示，必須奉命執行。」

我擺擺手，把四驅車開走，駛至近處一個彎角，那裏可看見停車場入口和大樓正門，並把車泊在路旁。

我接過R的紙巾，擦擦鼻子，喃喃地道：「錢氏企業加強保安，停車場可能只對錢富榮一人開放。」

「不一定，可能，事有蹊蹺。有人下令封閉停車場，迫使錢富榮在正門下車。你看，正門附近的巴士站，那些上車、下車、候車的人，正好為千面人提供掩藏。我說過，千面人的攻擊模式像一條蛇，蛇利用草叢掩飾，伺機偷襲獵物，他或已藏身正門的人叢中。我感覺到，他是其中一個最不起眼的人，在等候着錢富榮下車。」R開始恢復狀態，「當然，他也可能扮成一個保安員、文員，在升降機大堂，等候錢富榮走過。千面人，實在太狡猾了！」

「如何得知他躲在哪裏？真頭痛……」我游目四

顧，大樓正門門頂的 CCTV 鏡頭吸引了我的視線。

「怎麼樣？」R 在我眼前晃動手掌，「幹嗎眼怔怔的……」

我興奮地抓起無線電，說：「露絲，馬上登入錢氏企業的保安系統，看看可有 CCTV 鏡頭失靈，乞超——」

「曉得，給我兩秒鐘。」露絲爽快地應道。

「真聰明。」R 罕有地直接稱讚我。

「失禮。」

「千面人聰明一世，笨拙一時，他不應重複使用干擾 CCTV 的路數。今趟，他遇到我，算他倒霉了。」

「阿 Wing，」無線電傳來露絲失望的聲音，「一個鏡頭也沒壞，CCTV 全部正常。」

「竟然猜錯了。」我搔抓頭皮，「真失禮！乞超——」

R 打量着我道：「你的鼻子開始紅腫。」

「鼻敏感，真磨人。」

R 的目光由我的鼻子移到大樓正門，淡然道：「也許，千面人的目標根本不是錢富榮……」

R 的話還未說完，露絲高興地喊道：「有了，正門的 CCTV ！正門的 CCTV 剛好壞了。」

「看，工人也來檢查。」R 指着正門。

一名維修工人，挽着工具箱來到那個 CCTV 鏡頭下面，架起摺梯，正要攀上去檢查。相信他將會白幹一場，因為那個鏡頭沒壞，只是被人干擾。誰干擾它？放眼過去，站在正門前面的人可真不少，有學生、掃地大叔、信件速遞員、駝背老伯、挽着菜籃的菲傭、吃波板糖的男孩、推着嬰兒車的年輕媽媽……

R 拿起望遠鏡，囁嚅道：「到底是哪一個？」

「不管他的偽裝功夫如何高明，總會露出破綻。我們細心觀察，定可看出。」

「我記得大力說過，千面人是男人……」

「那麼，我們收窄範圍，撇除那些女的。」我也拿着望遠鏡觀察。

「不贊成。我們要當心千面人男扮女裝。你沒看電視嗎？王祖藍、阮兆祥、甚至昔日的盧海鵬，他們扮起女人來，都維肖維妙。我們不能掉以輕心。」

「他若是男扮女裝，我第一個懷疑那個菲傭。」

「她？菲傭，滿街都是，沒特別噢。」

「你不要輕看她的菜籃，我認為那不是普通的菜籃，而是一個經過改裝的運送毒蟲容器。若沒猜錯，在其中一葉白菜上，應附着一隻毒蠅，或者於提子之間藏着一隻毒蠍子。當她走近錢富榮時，只消放出毒蟲，咬對方一口，便順利完成任務，乾手淨腳。」

「阿 Wing，你錯了。千面人不比金大芝，他只是偽裝高手，不是用毒高手，他不懂驅策毒蟲。」R 搖着頭道：「而且，我們身處科技日新月異的年代，殺人方法應當與時並進。看，我認為，那個掃地大叔最有可疑。」

「何以見得？」

「掃地大叔手上的竹帚該是一件高科技武器，說不定內藏毒針發射裝置，只要他一倒轉竹帚，毒針便從帚柄射出，殺人於無形。」

「阿 Wing，我們到啦！」無線電傳來阿 Ken 的聲音。

我放下望遠鏡，從車子的倒後鏡往後望，錢富榮的「平治」同樣不能進入停車場，別無選擇地開往正門。阿 Ken 的「福士」緩緩跟在後面。

糟了！錢富榮快要下車，若未能及時認出誰是千面人，錢富榮勢將凶多吉少。我雖然不喜歡此人，但為了捉拿千面人而以他作餌，甚至犧牲他的性命，道義上也說不過去，所以，我必不能讓千面人得手。

千面人到底是菲傭，還是掃地大叔？兩者選其一，我該拿個一元硬幣擲「公」、「字」，還是「點指兵兵」？

錢富榮的「平治」停在正門外面，首先下車的是一個彪形大漢，看樣子似是錢富榮的保鏢。

「沒辦法了！惟有兵行險着。」我一手握着無線電，一手握着門柄，「阿 Ken，我們一人一個，你制伏菲傭，我制伏掃地大叔。」

「且慢。」R 拉住我，及時叫道。

「嘎？」

「那個維修工人，你不覺古怪嗎？」

「古怪……」我不期然望向摺梯上的工人，他拿着螺絲刀，在 CCTV 鏡頭周圍搞了好一陣子，卻沒旋下一顆螺絲。

「露絲方才說，正門的 CCTV 剛好壞了，他就馬上出現，他似乎來得太快了。」

「是他！他是千面人！」我跳下四驅車，一個箭步奔過馬路，幾乎給一輛貨車撞着。

此時，錢富榮已踏出車廂，由他的保鑣步步為營地護着前行。可惜，百密一疏，他只注視同一水平線上的路人，卻忽略了頭頂。他頭頂的維修工人，正垂首盯緊錢富榮，把手中的螺絲刀反握，尖利的旋口對準錢富榮的腦門。錢富榮多跨兩步，便到達門口。我才踏上人行道，千面人即將痛下殺手。

「我來也！看暗器！」我飛身撲上，在半空中揚手，打出兩枚鐵蓮子。

「啪——」、「啪——」

鐵蓮子把摺梯的梯腳打折，梯毀人倒，千面人失足墜地。

路人嘩然，紛紛走避；保鑣一把將錢富榮拖進大樓之內；我雙足着地，順勢向前打個空翻，落在千面人身前。

千面人剛從地上爬起；我使出一式「美人照鏡」，五指如鉤，要撕開他的假臉皮。

千面人慌忙低頭，乖巧地避開我的爪攻，同時反客為主，拐腰擎起螺絲刀，直插向我的臉門。我一爪落空，瞥見千面人的肩膀一動，螺絲刀已插至眉心。我的頭旋即向右一側，螺絲刀在我的鼻尖前掠過；詎料，眼前的景物，竟隨之向右急旋，彷如坐在公園的「氹氹轉」上一般。我頓失重心，「趴」的一聲跌倒地上。

發生什麼事了？

我忽覺胸口一痛，看時，千面人一腳踩住我的胸膛，高舉螺絲刀向我刺來。我整個人像被塞進一台滾筒式洗衣機，頓覺天旋地轉，既驚且愕，四肢軟癱，無力反抗……

「砰——」

## 3

「阿 Wing……」

那呼喚我的聲音時而近、時而遠；時而大、時而小；時而高吭、時而低沉；時而清晰、時而含糊。我腦海裏浮現的最後印象，是一把廣州虎牌螺絲刀。有人手執螺絲刀，狠狠刺向我——

「哎！好痛呀！阿 Wing，你握得我很緊，放輕鬆點，是我。」

隱約聽到 R 的呼喚，我睜開眼睛，看見 R 在我的右邊　還有嘉薰醫生站在旁邊。

我輕輕放開捉緊 R 的右手，仍覺暈眩。

「你覺得怎樣？」嘉薰醫生關切地問。

「頭暈眼花，氣虛血弱，胸口和腰部非常酸痛。」我想起被千面人踩住胸膛，「那個可惡的千面人呢？」

「千面人被阿 Ken 開槍射傷了，我們把他關在羈留病房裏，嚴密看管。剛才很危險呢！」R 猶有餘悸，「當時，你已佔盡上風，應可在三招之內制伏千面人，不知怎的，你忽然摔倒。千面人反過來制伏你。我的心一慌，手腳不由自主地發抖，手槍拔了出來，卻跌到地上，眼巴巴看着千面人用螺絲刀刺你，全沒辦法解救。幸好阿 Ken 及時趕至，這次，他的眼界出奇地準確，一槍命中千面人的右肩，救回你一命。」

「也許，阿 Ken 想射千面人的頭。」我苦中作樂，開個玩笑。

R 臉上沒半點笑容，她繼續說下去：「千面人一出手對付錢富榮，阿漆那邊馬上拘捕朱小燕。朱小燕後來供出，殺人奪產全是伍百川的主意。於是，泰臣拘捕伍百川，案件成功偵破。」

「果然是他們兩人所為。伍百川為何要這樣做？」

「人去茶涼啊！錢老爺死後，錢氏兩兄弟都沒有像父親那樣，視伍百川為親信，他們還逼伍百川退休。伍百川為錢氏企業拚搏大半生，倒頭來卻遭嫌棄，他深感不憤，想到遺囑內容，便半騙半哄的說服朱小燕跟他合作。兩人立下字據，伍百川先付錢聘用殺手，把遺產受益人一一殺死，他日朱小燕承受錢老爺所有遺產後，再分一半給伍百川。」

「他一定欺騙朱小燕，錢氏兄弟陰謀吞掉屬於她的那一份。」

「又給你猜中。朱小燕自幼家貧，吃過不少苦頭。兩年前，錢老爺跟她祕密相認，她總算過了兩年豐衣足食的生活，要她一下子打回原形，她當然一萬個不願意。再者，朱小燕作為私生女，對錢家上下懷恨極深，某程度上，她挺樂意看見錢氏兄弟遭遇不幸。所以，伍百川的計劃 [illegible] 說即合。」

我想起大力，問：「大力是千面人所殺的？」

R 點頭，深深歎了口氣，說：「千面人在病房裏招認了。案發當晚，他跟蹤廖美思，打算在她家裏下手。在美孚站登上西鐵尾班列車後，千面人發覺自己同時被大力跟蹤，思前想後，當廖美思在天水圍站離座下車時，他突然發難，把大力、廖美思和車廂裏的人一併殺死，既完成任務，又解決大力，且製造出來的混亂，足以擾亂警方的調查方向。」

「兩位，案情遲些交代吧。」嘉薰醫生上前打岔我們，「阿 Wing，我要為你作磁力共振掃描。袁教授和沈教授等着看你的掃描結果。」

「我只是頭暈而已，不用驚動兩位教授吧？」我口裏說得輕鬆，心裏暗叫不妙。

「阿 Wing，老實說，情況不容我們過分樂觀。」嘉薰醫生的表情和語氣同樣生硬，他是老實人，不懂說騙人的話，「你當年中過金大芝的毒，雖已治愈，但餘毒未清，一直潛伏在你體內。現在餘毒再度活躍，你的情況有急轉直下之勢。」

「但，那頭辟毒碧眼獸，不是已把我體內的毒素吸清了麼？」

「在我接受的醫學訓練裏，並沒有這回事。」嘉薰醫生向技術員點頭示意，「可以開始。」

技術員走過來，問：「先生，你有沒有患過幽閉恐懼症？」

「沒有。」

「待會進入掃描機後，你若感到不適，就按一下這鍵。」他把一個開關器放在我的掌心，「我們便會停止。」說罷，他再把一雙海綿分別塞進我左右耳孔。

「Okay ！」我眨眨左眼。

「阿 Wing，我在外面等你。」R 輕撫我的臉，多瞧我一眼，便跟嘉薰醫生一同轉身離開。

技術員退到工作台後面，說道：「開始了。」

「軋……」

我躺着的金屬牀，由頭部開始緩緩移進圓筒形的掃描機中，裏面又窄又冷又硬，我突然聯想到入土為安，不知躺在棺材裏的感覺會否一樣？當然，躺在棺材裏的都沒感覺，我委實多此一問。雖然，金屬牀的移動速度慢若蝸牛爬行，但總有到達終點的一刻。我很少主動想及人生的終點在哪裏、在何時，大概尚年青力壯，總感到那一刻仍然遙遠。這次 R 回來，我將更珍惜兩人一起的日子，希望這樣的相處能夠日漸長久。

金屬牀停下來。

「釘……」

四周響起一陣刺耳的金屬碰撞聲。此刻，我實在不由得不去想，人生的終點。我，不想死……

「釘……」

# 後記

是的，我又寫偵探推理小說。

三年前，我抱着半學習，半玩票的心情，寫了《鴉殺》，意外獲得「第四屆全國偵探小說最佳懸疑獎」。這是我創作歷程上的一項重大鼓勵，原來，偵探推理這類題材，我也有能力處理。

平日收到很多讀者的電郵，對「Q 版特工」有讚有彈。不管反應如何，只要讀者願意給予意見，便證明大家對這系列的書抱有期望。我對「Q 版特工」所抱的期望，不遜於讀者。同一系列的小說，無論是讀的和寫的，日子一久，新鮮感愈來愈少。上一冊的成功元素，可能成為下一冊的巢凶。我經常提醒自己，故事不可重複，要創新突破。這次寫《千面殺機》的手法跟《鴉殺》截然不同，喜歡《鴉殺》的朋友或會不習慣，慣看美、日流行偵探小說的朋友或會不喜歡。

《千面殺機》走一條「馬丁．貝克」[1]式的平實路線，取材貼近現實生活，沒天才幹探，沒線索頭緒，只有大海撈針、處處碰壁、抽絲剝繭、鍥而不捨。這是「Q版特工」的一項新嘗試，也是我的挑戰，聽起來如此沉悶，要寫得吸引並不容易。

最後，成功破案、邪不勝正的傳統結局，我不敢更易；然而，我留下一條懸念尾巴——阿 Wing 的安危。

大家讀完小說後，請不要問我阿 Wing 是生是死。因為我不知道，說真的，要問，便問嘉薰醫生吧。

如何治好阿 Wing ？或者如何治不好阿 Wing ？嘉薰醫生在未來的幾個月，一定非常頭痛了。

1 瑞典作家夫婦 Maj Sjowall 和 PerWahloo 合著小說系列《馬丁．貝克刑事檔案》

## Q版特工系列，
## 長期穩佔暢銷書榜，更入選好書行列！

榮獲
香港教育城 2007
「十本好讀」獎項

榮獲
香港教育城 2006
「十本好讀」獎項

榮獲 香港教育城 2006
「十本好讀」獎項

入選
香港書展 2006
「名家推介」

榮獲
第四屆全國
偵探小說大賽
「最佳懸疑獎」

榮獲
香港教育城 2005
「十本好讀」獎項

榮獲
香港教育城 2005
「十本好讀」獎項

榮獲
香港教育城 2004
「十本好讀」獎項

榮獲 03-04
「中學生好書龍虎榜」
十本好書

榮獲
香港教育城 2003
「十本好讀」獎項

榮獲 03-04
「書叢榜」
十本好書

榮獲 99-00
「中學生好書龍虎榜」
十本好書

榮獲
香港教育城 2003
「十本好讀」獎項

## 一本接續一本，無法「抗睇」的誘惑！

《極度任務》•《挪亞方舟》•《百慕達三角》•《複製殺手》•《從陰間來的 E-mail》•《太空殺人真菌》•《魔法陷阱》•《前傳：誤闖間諜網》•《北韓危機》•《奪命潛航》•《再見真生》•《諜變密令》•《鴉殺》•《反恐狙擊 912》•《M 殺令》•《迷城毒蹤》•《幽靈直線》•《不是任務》•《叛逃》•《千面殺機》

感謝您選了這本書，閱讀以後，
您有沒有一些啟發，一些感想？我們期望您的聲音。
請登上 **www.btproduct.com/book**，
在「讀者回應卡」頁面內填寫。謝謝。

## 飛翔專號系列最新書目

### 青鳥小說

| 書名 | 版次 | 作者 |
| --- | --- | --- |
| 熱血Figure王 | 初版1刷 | 陳守賢 |
| 記者阿男2 明星島 | 初版1刷 | 陳守賢 |
| 記者阿男1 神犬出洞 | 初版2刷 | 陳守賢 |
| 攝記追蹤 | 初版1刷 | 馮志康 |

### 歷奇小說

| 書名 | 版次 | 作者 |
| --- | --- | --- |
| 第五張天堂門票 | 初版1刷 | 阿谷 |
| 嘉薰醫生 6 三重隱形殺手 | 初版1刷 | 陳嘉薰 |
| 嘉薰醫生 5 槍火魔蹤 | 初版3刷 | 陳嘉薰 |
| 嘉薰醫生 4 死亡密碼 | 初版3刷 | 陳嘉薰 |
| 嘉薰醫生 3 黑色恐怖郵包 | 初版3刷 | 陳嘉薰 |
| 嘉薰醫生 2 複製人魔 | 2版4刷 | 陳嘉薰 |
| 嘉薰醫生 1 千年奪命病毒 | 2版4刷 | 陳嘉薰 |
| 嘉薰醫生之血細胞終極愛旅 | 初版1刷 | 陳嘉薰 |
| 嘉薰醫生之細胞情人歷險記 | 初版3刷 | 陳嘉薰 |
| 嘉薰醫生之血細胞麥高飛 | 2版1刷 | 陳嘉薰 |